Romanian
Folk Tales

In English and Romanian

Petre Ispirescu

ISBN-13: 978-1535350174
ISBN-10: 1535350172

INTRODUCTION

Petre Ispirescu, a printer by profession, who lived in Bucharest, was among the first to undertake the collecting of folk-tales in Romania. Most of them he gathered direct from the lips of the people, peasants or persons of peasant birth, but some of the tales, fewer in number, he obtained from other collectors.

As early as 1862, Ispirescu published a few popular tales in the *Ţăranul Român* (The Romanian Peasant). These he collected in the same year in a small brochure under the title *Basme şi Poveşti Populare* (Popular Tales and Stories). In 1872, 1874 and 1876 there appeared, in three installments, his well-known collection *Legende sau Basmele Românilor* (Legends or Tales of the Romanians), which in 1882 and then again in 1892 were issued by him in one volume. These last two, however, do not contain all the tales of the earlier editions. It is from the 1892 edition of the *Legende sau Basmele Românilor* that the tales here rendered into English have been taken.

In Romania, as indeed in other European countries, the peasant as late as the nineteenth century still lived and worked under conditions that had virtually remained unchanged since an early date in the nation's history. He had been but little touched by the economic and political movements and the cultural transformations that had lifted the rest of the people out of its earlier more primitive stage of civilization. In fact, until well towards the middle of the nineteenth century, he had remained outside the pale of modern life, or practically so, and no doubt his mentality on the whole was still that of his village forbears away back in the primitive feudal medievalism of Eastern Europe. This medieval mentality – simplicity of outlook upon the world, naiveté in thought, emotion, and expression – has left its indelible imprint upon the Romanian folk-tales.

It is this peasant naiveté – a thing altogether different from the studied simplicity of civilized folks – that is the chief difficulty in the way of the translator. It is well-nigh impossible to turn the simple expression of the peasant narrator into the sophisticated medium of a cultural tongue. Nor is the peasant naiveté to be compared to that of the children of the educated classes. A peasant adult, while of course much wiser than the child with an education, it is at the same time far more ignorant. The folk-story was not a nursery tale. It was the earliest form of the prose fiction of primitive people.

The peasant's life – his outlook – was hemmed and hedged in by his little village, his lot was harsh and bitter – the unenviable lot of the medieval serf riveted to the glebe. The supernatural to him was an escape from a hard and cruel reality into an ideal world of freedom, happiness and beauty. Nor was he touched by any rationalistic conceptions. Angels and devils, elves and goblins and sprites of all sorts and kinds were to him living and familiar realities. Why not believe likewise in dragons or giant birds or winged horses? An oppressed villain, his yearning for the supernatural was intense, unlimited; a creature of the credulous Middle Ages, that craving was as easily and readily satisfied as it is in a child.

In their English garb, the tales here presented are meant for the general reading public, and not for the professional folklorist.

What the folklorist demands is exact, faithful transcription of the tales as culled direct from the lips of the people. Rescued by the collector from oblivion, safely enshrined in the printed volume, those treasures of the popular imagination are by him conserved for future generations – most valuable materials, to be sure, for the historian and the sociologist. Once that all-important task achieved, the reteller, or for that matter the translator, may, if he so chooses, avail himself of the same freedom of treatment which the peasant narrator himself has been enjoying for centuries and centuries.

Yet, the translator's task, employing as he does the written word, is wholly different from that of the peasant narrator. The conditions are not at all the same. The peasant relates by word of mouth, from memory, facing bodily an audience as naïve and credulous as himself. He has at his disposal gesture, facial expression, and mimicry, as well as tone and modulation of voice, of all of which he avails himself quite freely, aided by the vivacity of his temperament and the utter lack of conventional restraint. The written story, on the other hand, wanting these things, must needs, by way of compensation, resort to other expedients, imposed as they are by the disadvantages it labors under as compared with the spoken story.

As stated above, it is not a literal rendering that is here offered. The thread of the narrative has indeed been always followed closely, paragraph by paragraph, sentence by sentence. Structure and development have been faithfully preserved. So, too, the sentence itself has for the most part remained unaltered. Yet, frequently it departs from the sentence as it stands in the original. Sometimes it is more concentrated, sometimes more elaborate, with, often, omissions or else additions here and there. Occasionally, two successive sentences have been interchanged.

Nor has any attempt been made to preserve the lapses of memory and the inaccuracies, or the inconsistencies and contradictions, so frequently met in the original tales. Thus, for instance, in *Gallant Praslea*, the hero is at first represented as parting with the three magic apples, and further on in the story as having kept one of them for his own use. In the same tale, the Raven smears Praslea's back with tallow at the very moment the latter has changed into a blazing fire. In *The Seven-Headed Dragon*, the monster's heads are cut off twice, first by the hero and then by the villain. The title, in the original, of the last story is *The Enchanted Pig*. It has been changed into *The Enchanted Prince*.

In the first story, the paragraph beginning with "The Prince was grief-stricken" has been somewhat elaborated, for

v

the sake of emphasizing the idea that the fairies were held prisoners within the pomegranates in consequence of a magic spell, and released – the first two of them – by the all-too curious Prince before the right moment for their delivery had arrived – a common folk notion, which quite possibly may have been more fully developed in some earlier oral versions of the same story.

Finally, it has proved rather difficult bodily to transfer from the original various incidents or expressions of a more or less unconventional nature. Thus, in the first story, the gypsy girl graciously offers to search the fairy's golden hair for possible live intruders. In *Youth Without Age*, the baby starts crying at the moment of approaching birth and consents to cease his wailing and to come forth into a world blighted by old age and by death only when his royal father has promised him perpetual life and everlasting youth. In the *Queen of Fairies* (in the original, *The Fairy of Fairies*) as also in *The Enchanted Prince*, the plain-spoken expression has in several places been somewhat toned down. In all these cases the translator has cravenly yielded to the fear of bruising the delicate susceptibilities of civilized folks, who, while not exactly more moral, are certainly more squeamish than the artless old-world peasant.

After all, there is no such thing as an absolutely faithful translation. *Traduttore, traditore!* Englished – for once, with no betrayal of the original – translator, traitor!

TABLE OF CONTENTS

THE THREE GOLDEN POMEGRANATES

Cele trei rodii aurite

Long, long ago there lived a King, and he had a son. One day the youth was sitting by the window, and seeing an old with woman hobbling along towards the fountain, he seized a stone and threw it at her water jug, shattering it into a thousand pieces. But she had noticed where the stone had come from, and looking up towards the window, she caught sight of the Prince and perceived that he was laughing at her. She was furious, and she cried out to him: "You shall not get married, my sweet darling, until you have found the three golden pomegranates!" And away she went.

When he heard the strange spell that the old witch had cast upon him, the Prince for a while kept very quiet, thinking of the three golden pomegranates. But all of a sudden he was seized with a great desire to set forth and find the pomegranates, come what might. So he went to the King and said:

"Father dear, I must start on a long journey at once. Will you please let me have three suits of armor?"

The King tried very hard to make him change his mind; but it was of no use, he could not persuade him to stay. So, he had the three suits of armor made for him, and the Prince set forth in search of the golden pomegranates.

He had travelled for a very long time and had worn out completely the three suits of armor, when he finally came to the desert. As far as his eyes could reach there was naught but sand, and there was no sign of life to be seen anywhere. He was so awed by the sight of this desolation that he lost heart and he was about to go back home; but he plucked up courage and resolved to keep on until he found what he had set out to get.

On and on he wandered until he spied a hut, away off in the distance. Swift as an arrow he darted in that direction; and when he had reached the hut, an old woman, all skin and bones, came out of it and cried:

4

A fost odată ca niciodată etc. A fost odată un împărat, și avea un fecior; acesta, șezând la fereastră, vede o babă bătrână, care venea cu tivga să ia apă de la fântână. Ce-i vine lui, ia o piatră și aruncând-o către fântână, nemerește drept în tivgă, și aceasta se sparge; baba, care simțise de unde venise piatra își aruncă ochii la fereastra împăratului și vede pe fiul de împărat făcând haz; atunci baba zise:

— Până nu vei găsi cele trei rodii aurite, să nu te însori, dragul mamii; și se întoarse acasă tristă și fără tivgă și fără apă.

Fiul de împărat, auzind acest blestem, stătu, și după ce se gândi mult timp la rodiile aurite, se aprinse dorința în el de a le vedea și de a le avea; deci se duse la tată-său și-i zise:

— Tată, să-mi faci trei rânduri de haine de fier, căci am să fac o călătorie mare.

Și toată silința ce puse împăratul a opri pe fiul său de la aceasta, fu în zadar.

Daca văzu și văzu că nu-l poate opri, porunci și numaidecât i se și făcu hainele; după ce le luă, fiul împăratului încălecă și plecă.

Un an de zile trecuse de când călătorea; ajunsese prin pustietăți nelocuite de oameni, și tot rătăcind în sus și în jos, două rânduri de haine se rupseră și le lepădase. Neștiind ce să facă, hotărî a mai merge câtva, și daca nu va putea descoperi nimic, să se întoarcă.

Abia mai făcu câțiva pași și iată că zări o colibă. Se repezi într-acolo iute ca săgeata și îndată și ajunse. Când, o mătușă sihastră, cum îl văzu, îi și zise:

"Welcome, my lad! But how in the world did you ever get so far into the desert? Why, never did bird wing its flight hither!"

"Lo, mother!" cried the Prince, "I am seeking the three golden pomegranates, and my desire for them has brought me here! But can you tell me perchance where they are?"

"I am very sorry, sweetheart, but I never heard of these wondrous things. But perhaps my sister knows. Keep right on and you will be sure to find her, and maybe she will be able to tell you about them."

The Prince did not need to be told twice. Instantly he set off again, and on and on he wandered until at last he reached another hut. And a woman stepped forth from it, older and skinnier even than the other, and she cried:
"Welcome, my good lad, but how on earth did you ever get as far as this into the desert? Why, never did bird wing its flight hitherward!"

Said the Prince: "Lo, mother! I am seeking the three golden pomegranates, and it is my great longing for them that has brought me here! But do you know, mayhap, where they are?

On hearing these words, the old woman broke into bitter tears, and she said:
"Yes, my lad, I do! I once had an only son, and he too was seized with the desire for the pomegranates, and he would not rest until I let him go forth in search of them. And over the whole world he wandered, but it was all in vain! He came back home even as he went, worse luck! And so weary and worn out was he from his dreadful hardships that he died soon after! Alas and alack, would that I had then known, my sweet darling, how they might be found without danger to one's life! My beloved child would be with me still – oh! Oh! Oh!

– Da bine, flăcăule, cum ai ajuns p-aici pe unde nu se vede pasăre cu aripioare, dar încămite om cu picioare?

– Mamă, zise fiul de împărat, caut cele trei rodii aurite; nu știi d-ta încotro se pot afla?

– Nu știu, dragul mamii, nici n-am auzit până acum de așa minune, dară poate soru-mea să știe, care șade puțin mai departe de aici; de ai curaj să mai mergi, poți să o întrebi pe dânsa.

N-așteptă să-i zică de două ori, și o tuli într-acolo repede și merse, și merse, cale lungă neumblată, până ce dete de o altă colibă, de unde asemenea ieși o mătușă sihastră, și mai bătrână, și mai scofălcită, care și ea îi zise:
– Cum ai ajuns p-aici, om cu picioare, pe unde unde nu vine nici pasări cu aripioare?

– Mamă, zise fiul împăratului, caut cele trei rodii aurite, și dorința de a le avea m-a adus p-aici, nu știi d-ta încotro se află?

La auzirea acestor vorbe, bătrâna începu să plângă, apoi îi răspunse:
– Am avut și eu un fecior, care auzise despre acele blestemate rodii, și care, tot umblând după ele, într-una din zile se întoarse șchiop și în cele din urmă își rupse și capul pentru ele; daca aș fi știut atunci, dragul mamii, cum să le găsească cineva fără primejdie, nu-mi pierdeam copilașul.

He begged her to tell him how he could find the pomegranates, and the good old woman took pity on him and told him exactly what to do in order to get them. But she made him promise that if he met with success he would, on his way home, stop at her hut and show them to her, for she wished to see the things on account of which her only son had come to so untimely an end.

Having taken just enough time to thank her for her good advice, the Prince vanished from her sight as quickly as a ghost. And he wandered and he wandered until he saw a great big dragon who was standing with his mouth agape, one jaw reaching away up into the sky while the other jaw lay on the surface of the earth.

He greeted the dragon most courteously, saying, "Good-day to you, brother!" and then hurried along until he came upon a spring that was all choked up with mold and with mud; and he set to work at once and gave it a good cleansing. That done, he moved on quickly until he ran into a cabin, which was covered thick with dust and cobwebs; and he tarried just long enough to give it a thorough overhauling from top to bottom, and then he kept right on again until he saw a baker-wife who, poor woman, was cleaning a hot oven with her bare breasts. He stopped and bade her good-morning, and then he cut off a piece of cloth from his coat and gave it to her, saying, "Take this cloth, sister, and clean the oven withal."

Then, suddenly, behind the oven, he perceived a wonderful garden, and he went in. He was strolling about, admiring its beauty, when all at once he saw hanging from a twig, the three golden pomegranates! At sight of them he was overcome by a great fear; but he plucked up heart, and whipping out his knife from his pocket – snap! off came the twig, and seizing the pomegranates, he made off as fast as his legs could carry him.

He had scarcely had time to take a few strides when the whole garden was in a frightful commotion and began to yell and shout for help.

Cum auzi flăcăul nostru, începu a se ruga să-i spuie cum să facă să le ia, iară bătrâna îl povățui cum să umble și cum să se poarte, și dacă va izbuti, l-a jurat pe tinerețele lui ca să se întoarcă tot pe acolo, ca să-i arate și ei acele rodii, după care s-a prăpădit fiul său.

După ce i-a făgăduit că se va întoarce, i-a mulțumit pentru sfaturile cele bune ce a primit de la dânsa, și ca o nălucă pieri dinaintea ei, când, după o călătorie încă d-o săptămână și mai bine, văzu un balaur cu o buză în cer și cu alta în pământ. Îndată ce ajunse la dânsul îi zise:

— Bună ziua, frate, și trecu înainte.

Iar balaurul îi răspunse:

— Noroc bun, frate.

Ajunse apoi la o fântână, mucegăită și plină de nămol: el se apucă îndată de curăți și primeni apa din fântână și-și căută de drum până dete de niște porți încuiate, pline de praf și de păianjeni; curăți acei păianjeni, scutură praful, dete poarta de perete și trecu înainte. În drumul său întâlni o brutăreasă care ștergea un cuptor cu țâțele sale; cum o văzu, îi dete bună ziua, și tăindu-și o bucată din haina sa, îi zise:

-Ține asta, leiculiță, de șterge cuptorul.

Iară ea, luând-o, îi mulțumi.

La spatele cuptorului, fiul împăratului văzu o grădină ca un rai, în care se rătăci câtva timp.

În cele de pe urmă văzu cele trei rodii cum atârna de o cracă în pom; își făcu curaj, scoase cuțitașul și tăie crăculița de care erau atârnate, și o tuli d-a fuga înapoi.

N-apucă să facă zece pași și toată grădina începu să țipe și să cheme în ajutor pe brutăreasă, porțile, fântâna și pe balaur.

But everybody mocked at the garden and refused to come to its assistance and stop the Prince.

The baker-wife cried: "Coming! Coming! – All these many years have I been under this cruel spell! But has anyone else ever taken pity on me and saved my poor body from the heat of the oven?"

And the cabin cried: "Oh, yes! Just one moment, please! Ever since I remember I have been rotting and rotting! But he alone has taken the trouble to rid me of the dust and the cobwebs, removing the spell that was cast upon me!"

And the spring cried: "Excuse me! Excuse me! I was doomed to stay foul and dirty for all time! But has it ever occurred to any but him to stop, and cleanse me, and make me again fit to drink?"

And the dragon cried: "Even so! Even so! All my life I have been doomed to bide here mouth agape and eyes riveted upon the stars! But nobody else has ever passed the time of day with me or called me his brother. He has delivered us all from our bewitchment, and I believe we'll mind our own business and stay just where we are!"

Meanwhile our friend was running for all he was worth. True to his promise, he stopped at the hut of the old woman, whose bidding he had done from first to last, and let her look at the beautiful pomegranates. That done, he thanked her once more for her useful counsel, and, leaving her a trifling gift to remember him by, he set out for home again.

Wending his way homewards through the arid desert, the Prince – worse luck! – thought he would find out what the pomegranates tasted like, and pulling the knife out of his pocket cut one of them open. But behold, from it a fairy sprang forth who was as beautiful as the sun! But she was in great pain and anguish and she cried out in a heart-rendering voice, "Water! Water! I am dying! Oh! Oh! Oh!"

10

– Ba aia-i vorbă, răspunse brutăreasa, că de când sunt urgisită a sta aci, nu s-a îndurat nimeni să vie a mă scuti de arsătura de toate zilele.

– Că alt gând n-am, răspunseră porțile, că de când suntem făcute, n-a venit nimeni să ne mai scuture, să ne deschiză, de înțelenisem așa.

– Ba să ne iertați, zice fântâna, că de când sunt făcută, mână de om n-a venit să-mi curețe apele, încât ajunsesem a mă împuți.

– Ba că chiar, răspunse și balaurul, că de când sunt osândit a sta cu gura căscată și cu ochii sticliți la stele, nimeni nu mi-a dat măcar o bună ziua, și să-mi zică frate. Acest om ne-a scăpat de urgia ce era pe noi, și ne vom căuta de treabă.

Fiul împăratului, care făcuse întocmai cum îl învățase bătrâna, se întoarse pe la dânsa și după ce-i mulțumi și-i dete și ei câte ceva, plecă să se întoarcă la împărăția tatălui său.

Pe drum, ce-i veni lui, văzând că nu mai poate răbda, scoase cuțitașul și tăie una din rodii, ca să guste și să se încredințeze de bunătatea lor. Când, ce să vezi? Deodată iese din rodie o fată, ca o zână de frumoasă, și îndată începu a striga cu glas mângâios:

– Apă, apă, că mor.

He looked about him everywhere in the desert. But it was all in vain, no water could he find! And the bonny lassie fell down and died, alas! At sight of the dead fairy, he was overcome with grief, but he braced himself up, and kept on wandering through the dreary desert.

But, while he was trudging along wearily, he was again seized with the desire to find out what was the taste of the pomegranates. He struggled and struggled, but finally he yielded to his terrible craving, and pulling his knife from his pocket he opened another one of them, and behold, out of it a fairy leaped forth who was as beautiful as the sun, but she too was dying with thirst. Everywhere he sought and sought, but never a drop of water did he find! And the poor, poor maiden fell down upon the ground and passed away!

The Prince was grief-stricken over these awful happenings. Only too well he knew that it was through his fault that the beautiful fairies had perished in the desert. For years and years, doomed by cruel witchery, they had been imprisoned in the pomegranates, and now, weakly yielding to his craving, he had set them free before the right moment had come. Sad and sorrowful, he kept on travelling, but again he was seized with that immense desire, which well-nigh overpowered him; but this time he withstood the dreadful temptation. For he realized that if he now opened his last pomegranate and released the third fairy from her prison, she also would die with thirst, and he would get back home even as he went, without the maiden that was fated to become his wife. And on and on he wandered until at length he reached the end of the desert, where he beheld a wonderfully beautiful country stretching out before him. Being quite weary and worn, he lay down to rest himself, but never a wink did he sleep. Do what he might, always his thoughts would go back to the beautiful fairy maidens that had died such an awful death.

Întoarse fiul împăratului ochii în toate părțile să vază apă; dară geaba, apă nu era, iară fata căzu și muri; p-aci era să cază și el, dară se ținu.

Tot mergând el, nu putu să ție până să nu guste dintr-o rodie și scoase cuțitașul de tăie încă una; deodată, iese și dintr-însa o fată ca o zână, și moare ca și cea dintâi, fiindcă n-avu apă să-i dea.

Mâhnit de ciudata întâmplare, mergea către împărăția tatălui său cu rodia care îi mai rămăsese, și se uita la dânsa ca la un cireș copt; și merse până ajunse la o câmpie frumoasă pe unde începu a cunoaște urme de oameni. Aici îi mai veni inima la loc, și se puse jos să se odihnească nițel. Gândul lui nu se lua de la rodii și de la fetele cele frumoase ce muriseră.

And suddenly that great yearning came upon him once more and completely overmastered him. But lest he fare as badly as before, he first sought out a spring and filled his cap with water, and then in the shade of a tree that stood hard by the spring, cut open his last pomegranate, and behold! From out of it issued forth a fairy who was even more beautiful than the others; she was whiter than snow, and she had the most wonderful golden hair!

But she too was faint with thirst, and she cried, "Water! Water! I am dying! Oh! Oh! Oh!"

He gave her some water to drink, and then he sprinkled some on her face, and he saved the life of the bonny lassie. For a long time he did naught but gaze upon her, lost in wonderment over her marvelous beauty. Then he took her by the hand and said to her: "You shall be my wife," and she replied that she would.

But she was such a tiny wee little thing and so frail and delicate, he knew well she would never be able to endure the hardships of a journey on foot. For he was still a very, very long distance away from home, and the travelling was rough and full of dangers. So he told her to climb up into the tree that stood by the spring and wait there for him until he came back with the King's coaches and horsemen.

The bonny lassie then bade the tree stoop down, and the tree stooped down; she seated herself on a branch, and at her command the tree rose up again. The Prince was beside himself with astonishment, and he stood gazing at the marvelous tree; then he broke into a great run, and folks got out of his way as quickly as ever they could, for so fast did he speed that his heels could be heard whirring away up in the air!

Şi tot gândindu-se se aprinse în el dorinţa de a gusta din rodia pe care o mai avea, încât nemaiputându-se ţine, oţărî să o taie şi pe aceasta, dară temându-se să nu i se întâmple ca şi cu celelalte, căută o fântână, luă apă în căciulă, şi acolo, la umbra unui copaci mare, tăie şi rodia care îi mai rămăsese, când ce să vezi? unde ieşi o fată ca soarele de frumoasă, şi cu părul de aur.

– Apă! apă! strigă ea.

Şi el îi dete de băut şi o stropi cu apă, şi aşa scăpă fata cu viaţă.

Fiul împăratului îi da târcoale, şi se tot minuna de frumuseţea şi de gingăşia ei. Apoi o luă de mână şi îi zise:

– Soţie să-mi fii şi ea primi.

El nu voi să o ducă pe jos acasă la tată-său, ca să nu ostenească, fiindcă o vedea că era puţintică la trup încât ar fi băut-o într-un pahar de apă, şi aşa de subţirică de parcă era trasă prin inel.

El o povăţui să se urce în pomul de lângă fântână, şi îi zise să-l aştepte acolo până se va întoarce de la tatăl său cu cară împărăteşti şi cu călăreţi, ca să o ia, fiindcă el cunoscuse locurile că nu mai este aşa departe.

Fata cea frumoasă zise copaciului să se lase jos, şi el se lăsă, apoi se puse în el şi se ridică. Fiul împăratului rămase cu gura căscată uitându-se la ea şi la minunea cum de se lăsase şi se ridicase copaciul, apoi, rupând-o d-a fuga, să te păzeşti, pârleo, că îi sfârâia călcâiele de iute ce se ducea.

But it so befell that a horrid swarthy little gypsy wench came along with her pitcher to get some water, and she saw the beautiful image of the fairy maiden glittering in the spring. The foolish wench thought it was her own image, and she grew tremendously excited, and flinging the pitcher down on the ground she made for home as fast as ever her nimble legs would carry her, and she cried:

"Mother, Mother, I will not fetch water anymore! I am too beautiful to go about carrying water."

"Well, I never!" cried the old hag in anger and astonishment. "But where is your pitcher, hussy? And what's all this nonsense about your beauty! Trot along quick now and fetch me the water, you ugly little witch! I'll teach you to mind your old mother!" And she seized the broom, and threatened to beat her if she did not obey her command at once.

Back to the spring ran the little gypsy wretch. But it was not long before she returned, without the pitcher, and carrying on as before, prattling and chattering about her marvelous beauty, and vowing she was far too handsome a girl to be fetching water from the spring.

The old woman now saw what the trouble was with her daughter. So, she gave her a needle, which was poisoned, and bidding her hide it away in her hair, told her what to do with it, and then she sent her off once more.

When the gypsy girl came back again to the spring she happened to look up towards the tree, and she finally discovered the reason for the angelic reflection in the water; and gazing up wistfully at the fairy maiden, she began to coax her, saying:

"Oh, how I should love to have a chat with you, my pretty little darling! Do take me up on the tree with you, sweetheart!"

The fairy was feeling rather lonesome, and she thought the gypsy girl might help her beguile the time away. She bade the tree bend down, and the wretch clambered up on to the branch where she was sitting; and then she bade the tree rise, and instantly it rose and straightened up again.

Nu trecu mult de când se duse fiul de împărat, și o fată de țigan veni să ia apă din fântână, dar când văzu chipul care strălucea în apă, crezu că e al ei, și, spărgând ulciorul, se întoarse fuga la mumă-sa:

— Nu mă mai duc la apă, zise ea, o frumusețe ca a mea nu aduce apă.

— Du-te la apă, arapino, ce tot spui astfel de fleacuri, îi zise mă-sa, arătându-i coceanul măturei.

Ea se duse și iară se întoarse, ca și întâi, fără ispravă și tot cu astfel de vorbe.

Mă-sa înțelese că acolo nu e lucru curat și îi dete un ac vrăjit să-l ție în păr, și o învăță ce să facă cu el la întâmplare de ar da peste cineva p-acolo, și o trimise iară.

Țiganca, cum ajunse la fântână, cătă în sus și văzu de unde venea în fântână acel chip îngeresc.

— Suie-mă și pe mine acolo, rogu-te, zise țiganca, uitându-se galeș către zâna frumuseților.

Iară fata cu părul de aur zise copaciului de se lăsă, luă pe țigancă ca să-i ție de urât, și copaciul se ridică la loc.

As they sat there chatting, the gypsy girl began to pet and fondle her, and she said: "You are getting weary, sweetheart, aren't you? Why don't you lay your lovely little head in my lap and try to get some sleep? I'll stroke your beautiful golden hair for you the while."

And the fairy did so. But scarcely had she dozed off, when the hussy stuck the poisoned needle into her head. Instantly the fairy maiden turned into a pretty little bird all of gold, and away she flew.

The gypsy girl was furious, and she cried: "So, my sweet honey girl, you have flown away, have you" You have tricked me, blessed little lamb! But you shall not escape me! I will catch you yet, my dear little sweetheart!"

At last, the Prince returned for the fairy maiden, with many soldiers on foot and on horse as well, and with the royal coaches. But as soon as the wench, away up in the tree, caught sight of him, she cried:

"Goodness! You certainly have taken your time! Why, the sun has burned my pretty face and the wind has turned my pretty hair black. I have been waiting for you so long, so long, oh!"

The Prince was speechless, with horror and amazement. His beautiful sweetheart had vanished, and in her stead, exactly where he had left her, was a horrid gypsy wench! He sought and sought everywhere, but never another human being could he see thereabouts. For a while he thought that maybe it was even so – maybe that while he was away his sweetheart's face and hair had turned black after all! Yet, deep down in his heart he felt that it could not be! So he searched again, but not the slightest trace of his beloved fairy anywhere! Well, what else could the poor fellow do but take the horrid wench along with him? But what he now dreaded most of all was that his father would think that all that he told him about the beautiful fairy maiden was pure invention – in fact, naught but an idle fairy tale!

18

Stând ele la vorbă, țiganca se linguși și rugă pe fată, ca de voiește să doarmă nițel, să puie capul în poala ei, și ea îi va căuta în cap.

Fata se înduplecă și se puse cu capul în poala țigancei, și, când era să o fure somnul, țiganca îi înfipse acul otrăvit în cap, iară fata se făcu o păsărică cu totul și cu totul de aur, și începu a zbura de colo până colo, pân crăcile pomului.

Atunci țiganca zise:

– Ah! fată de lele ce mi-ai fost, cum mi-ai scăpat, eu socoteam că dormi, dară, fie, tu n-o să-mi scapi, îți viu eu ție de hac.

Nu trecu multe zile și iaca și fiul de împărat cu oaste și călăreți și cu cară împărătești veni ca s-o ridice; iară țiganca, cum îl văzu, îi zise:

– Da bine, împărate m-ai lăsat să te aștept atâta, încât soarele mi-a ars fețișoara și vântul mi-a bătut perișorul.

Împăratul, cum o văzu, rămase la îndoială și nu-i venea să crează că ea este zâna pe care o lăsase el acolo.

Dară, după vorbele ce-i zise, pare că ar fi crezut, și deci se înduplecă și o luă.

Nu știu cum, nu știu ce fel, dară parcă-i spunea inima că n-o să fie ea; în sfârșit, daca nu văzu pe altcineva, plecă cu ea, și nu știa cum să facă să nu crează tată-său că spusese minciuni.

As they were approaching the capital, the King came forth in great state to meet the Prince and his intended bride. But just fancy his dismay when in lieu of a fairy with snow-white face and golden hair, he saw a gypsy wretch as black as a tea-kettle! Sure enough his son kept repeating over and over again that the fairy's face and hair had turned black while he was away, but never the least bit of good did it do, for his father just could not bring himself to believe the silly story. But what was the poor King to do? He saw plainly that there was no help for it, was there now? So, he resolved to allow them to take up quarters in the palace, but he simply would not hear of their getting married right off; and as for having a day set for the wedding, why, he scorned the mere mention of it.

But mark you now what happened. From then on, every single morning, a beautiful golden little bird would come into the palace-garden and sing; and so sad, so sad, was its song that it well-nigh broke the King's heart when he heard it. And when it was through, the little bird would cry out as loud as it could:

"Oh, gardener! Gardener! Is the King's son asleep?"

"He is," the gardener would reply.

"May his slumber be ever so sweet, and may he rise in good health!" cried the little bird. "But say, that black crow, is she asleep?"

"She is," answered the gardener.

"May she sleep an accursed sleep from now till doomsday!" the little bird would cry.

But the strange thing about it all was that every single tree on which the bird would perch and sing its sad song would wither away and die on the spot.

The gardener told the King about the queer actions of the little bird, and also how every tree on which it alighted and sang would wither away and die; and this made the King feel very, very sad, and he fell a-thinking deeply.

Când ajunse la curtea împărătească, le ieși împăratul înainte, și rămase înmărmurit când văzu în loc de zâna frumusețelor, cu fața ca soarele și cu părul de aur, pe o arapină neagră ca fundul căldărei. Și măcar că fiul său îl încredința că soarele îi arsese fețișoara și vântul îi bătuse perișorul, împăratului tot nu-i venea să crează. Însă n-avu ce face; de bine, de rău îi puse într-o parte a palatului și tot amâna cununiile.

D-a doua zi chiar, în grădina împărătească, în toate diminețile, venea o păsărică și cânta cu dor de-ți rupea inima; apoi striga cât îi lua gura:
— Grădinar! Doarme împăratul?
— Doarme, îi răspundea grădinarul.
— Să doarmă somn dulce și mai dulce, de pe căpătâi să s-aridice, adăoga păsărica. Dară cioroaica de împărăteasă doarme?
— Doarme, îi răspundea.
— Să doarmă somnul de urgie, de acum până-n vecie.
Și pe care pom se punea de cânta, pe loc se și usca.

Grădinarul spuse împăratului toată șiretenia cu pasărea și cum se usucă pomii pe care se punea ea de cânta. Împăratul se luă de gânduri.

21

After some time all the trees in the garden had dried up, except one. The King ordered snares to be put on every twig in this tree, and it was done. And the following day at dawn the little bird was caught, and it was taken to the King. But he had a cage built for it, altogether out of gold, and he put it into the cage, and then he placed the cage on his window-sill, for he had taken a great liking to the pretty little bird.

But the gypsy wench, when she heard about the little bird, became very uneasy. She felt exactly as though a red-hot iron had pierced her heart through and through, and pretending she was ill, she bribed the physicians to tell the King that she would not recover unless the little bird was killed and served up to her for breakfast.

On hearing this, the King was beside himself with anger and indignation; and he absolutely refused to give his consent; but the doctors begged so hard that he finally yielded. But never could he forget the sweet little bird, and he hated the horrid gypsy girl worse than ever.

The poor little bird was killed; and on being cooked, it was brought to the gypsy girl and served up at her breakfast. And she, making believe that she had regained her health, now set about again making preparations for her wedding.

But a tiny wee drop of the little bird's blood had fallen upon the King's window-sill, and from out of it had sprung up overnight a most beautiful fir tree, and it was just marvelous how it had grown to be so large and so magnificent in so short of a time. The King summoned the gardener and commanded him to take the best possible care of that tree. But when the gypsy wench heard of this, she was very much wrought up over it, indeed. She realized, did this wicked creature, that she was not yet wholly out of danger, and evil thoughts crept into her mind.

So, as before, she feigned illness, and bribed all the doctors, who told the King that the only way to cure her was to fell the tree and steep it in hot water, and then have her use that water when she took her bath in the morning.

Mai toți pomii din grădină se uscară în câteva zile, mai rămăsese unul. Atunci împăratul porunci să pună pe fiecare crăculiță câte un laț, și așa se și făcu; iară a doua zi, în revărsat de zori, veni la împăratul cu pasărea de aur care dedese în laț. Împăratul porunci de-i făcu o colivie cu totul și cu totul de aur, puse pasărea în ea și, de dragul ei, o ținea pe fereastra lui.

Țiganca, cum auzi de istoria cu pasărea, îi trecu un fier ars prin inimă. Se făcu bolnavă, mitui pe toți vracii cari spuseră împăratului că până nu va tăia pasărea de aur și să dea împărătesei să mănânce din ea, nu se va însănătoși.

Plin de scârbă împăratul nu se putea învoi la asta, dară, după rugăciunea fiului său, o dete; rămase însă nemângâiat și din ce în ce ura mai mult pe țigancă.

Luară, deci, pasărea și o tăiaseră, o fierseră și o duse împărătesei; iară ea, după ce se prefăcu că se însănătoșește, începu a se găti de cununie.

Din sângele păsărelei crescu la fereastra împăratului un brad înalt și frumos, și era o minune cum de într-o noapte crescuse așa de mare și falnic. Împăratul chemă pre grădinar și-i porunci să aibă cea mai marei îngrijire de acel pom. Iară țiganca, cum auzi, n-avu odihnă și-i puse gând rău. Pricepuse, drăcoaica, că încă nu scăpase cu totul și cu totul de primejdie.

Se făcu iară bolnavă, mitui iară pe vraci, cari spuseră împăratului că până nu va tăia bradul să-l fiarbă și cu apa aceea să-i facă baie, nu va trece împărătesei.

On hearing this, the King's wrath knew no bounds. He now realized what an awful curse had fallen upon him; ever since that hussy had set foot in his palace, he had been forced to part with what he cherished most. And he refused to give up the tree of which he had grown so fond. But they all begged and begged and begged, and finally, the King yielded, just so that he might have peace and quiet in his house once more; and he permitted the splendid tree to be cut down. But then and there he vowed that never again as long as he lived would he sacrifice anything he cared for to anybody, no matter who he was or how hard or how long he begged.

The poor tree was felled; and as it lay prone on the ground, and a crowd of people stood about gazing upon it with tears in their eyes, an old beggar-woman happened to pass by, and she too stopped to take a look at it. On the point of starting on her way again, by mere chance she picked up a chip that had fallen from off the tree and she took it along with her. But she noticed a needle sticking in the chip, and she removed it at once. The chip was rather large, and it was flat; so on getting back home, she used it as a cover for her kettle, which was the only one the poor beggar-woman could call her own.

Next morning, as was her daily want, she again went forth a-begging. But just fancy her amazement when upon her return in the evening she found her hut all swept and cleaned up and everything in it set to rights! She was beside herself with joy. And even so it was day in and day out. Every time she came back home, the hut was swept and cleaned and tidied up! Finally, she decided to find out who it was that was so good to her. So, one morning, she hid outside of the house, and then she pepped in through a chink in the door, and what she should see? Why, a wee little damsel, white as snow and with wonderfully beautiful golden hair, leaping forth from out of the wooden cover which lay upon the top of the kettle!

Împăratul se supără până la suflet, văzând că logodnica fiului său e piază rea, fiindcă de când a venit ea, n-a avut parte de nici un lucru ce i-a fost lui drag.

Lăsă să taie și bradul ca să nu mai aibă nici un cuvânt a-l mai supăra cineva cu ceva, și se hotărî ca de aci înainte să nu mai facă pe voia nimănui, daca ar mai da peste ceva care să-i placă.

Pe când tăia bradul, la care toată lumea se uita cu jind, o bătrână cerșetoare se opri și ea să privească lângă cealaltă lume, și când vru să plece, luă cu dânsa o surcea ce căzuse de la o țandără a bradului și o duse acasă. Băgă însă de seamă că era un ac înfipt în surcea; ea îl scoase; și fiindcă surceaua era oarecum măricică și lată o făcu capac la oala care o avea și ea după sufletul ei.

A doua zi plecă în proseală ca totdauna; dară când se întoarse acasă, rămase încremenită văzând coliba măturată și deretecată de-ți era dragă inima să privești.

Nu înțelegea baba ce minune să fie asta, adică cine să fi venit să-i facă ei astfel de bine.

Câteva zile urmă tot astfel; în sfârșit hotărî să pândească, doară va da peste cel ce-i deretecă și-i pune toate alea la rânduiala lor pân colibă și așa și făcu. Într-o zi după ce plecă, ea se ascunse și, uitându-se pe furiș, pe crăpătura ușii, văzu cum din capacul oalei sări o fată mai albă decât neaua și cu părul de aur.

The old woman was dumb with wonderment, and she exclaimed:

"Who are you, my dear little sweetheart, and whence comes it that you are so very, very kind to a poor old woman like me?"

"Just a luckless girl, alas!" replied the maiden, "but do let me stay with you, and I promise faithfully to do all the work that is to be done in your house."

The old woman agreed, and the beautiful little lassie remained with her. And right glad and proud too was she of her; for such a maiden, so beautiful and so capable withal, could not be found anywhere in the wide world, not even in the King's own household.

She kept on going out a-begging, as was her habit, and the fairy maiden looked after her work, even as she had promised. But one morning the maiden requested her to buy her a yard of linen in town, and two skeins of silk thread, one red and the other green. It took well-nigh all the money the good old woman had managed to save up these many years, but that very day she brought back home with her the things the lassie had asked for.

With the piece of linen, the maiden made two kerchiefs, and on them she embroidered the story of all that had befallen her. She then asked the old woman to take them to the palace; and when both the King and the Prince were eated upon the throne, to lay in the King's lap the kerchief that was embroidered in green, and the one embroidered in red in the lap of his son.

The following morning, the old woman set off for the palace, but the King's guards would not let her go in. However, go in she must. So she made such a great stir and noise that the King commanded that she be admitted to his presence forthwith. And she did even as the fairy had bidden her, and then went out into the palace-yard and waited there to see what would happen.

26

– Cine eşti, mamă, zise ea, de îmi faci astfel de bine?

– O fată fără trişte, zise ea; daca mă primeşti să şez la d-ta, mult bine ţi-oi face şi eu dumitale.

Se învoiră şi rămase; ba încă baba se mândrea, că aşa fată nici în casa împăraţilor nu se găsea, frumoasă şi vrednică.

Baba mergea mereu în prosteală, cum învăţase ea, dară într-o zi îi zise fata să-i cumpere din târg pânză şi mătase roşie şi verde; baba, biet, din paralele ce adunase din cerşit, îi cumpără.

Fata îşi cusu toată istoria pe două sangulii; şi după ce le isprăvi, zise babei să se ducă cu dânsele la împăratul, şi când va fi pe tron alăturea cu fiul său, sangulia cusută cu verde să o pună pe genuchii împăratului; iară cea cusută cu roşu pe ai fiului său.

Baba ascultă şi se duse; dară ostaşii n-o lăsa să intre. Atunci ea făcu zgomot, şi împăratul porunci să o lase a intra. Ea, cum intră, făcu cum îi zisese fata, şi ieşi ca să aştepte să vază isprava.

When they had seen the two kerchiefs, the King and the Prince both understood what the trouble had been right along; and the King having ordered the gypsy girl to be brought before him, spoke to her thus:

"Some day surely you will be queen over the realm, and for this reason, you should learn betimes to mete out justice to your subjects. Often the law courts find it rather hard to settle disputes among womenfolk, and they might perchance appeal to you for advice. Now, only this morning a woman came to me with this story. She had a rooster, and he was of very fine stock, and she wanted a hen of the same stock. So she travelled in many countries, and sought everywhere, until she at last acquired such a hen, paying a very large sum of money for it. But mark you now what befell. Another woman, who was a neighbor of hers, stole the rooster from her, and moreover, attempted to kill the hen. Now, what do you think shall be done with this woman?"

The gypsy girl after pondering awhile replied: "Well, this is what I think. She shall at once restore the rooster to the rightful owner; and, further, she shall deliver to her all the hens she herself owns together with all the eggs they have laid. That done, she shall be put to death immediately."

"A most excellent judgment, I declare! exclaimed the King. "But, I am the owner of the rooster, and you are the woman who stole him and tried to kill the hen into the bargain. Prepare then to receive the punishment which you yourself have counseled!"

The gypsy girl made a terrible racket. She threw herself at the King's feet, and rolled on the ground, and howled, and begged him most pitifully to spare her life. But it was all in vain. He ordered that the wench be handed over to his guards, who carried her out into the palace-yard and chopped her head off forthwith.

Cum văzură sanguliile, împăratul și fiu-său înțeleseră totul. Porunci să cheme pe logodnica împăratului și-i zise:

— Pentru că o să te faci împărăteasă, trebuie să te deprinzi a și judeca pe femei, când judecătorii nu se domiresc la câte un lucru. Astăzi ni s-a arătat cu plângere o femeie, care zise că, având un cocoș de soi, cu mare cheltuială a alergat prin țări de a cumpărat și o găină, așijderea de soi; că vecina ei nu s-a mulțumit că i-a omorât găina, dară i-a furat și cocoșul și l-a dat la o găină d-ale ei, și așa cere dreptate. Ce zici despre aceasta?

— Zic, răspunse bahnița, după ce se gândi puțin, că femeia care a omorât găina și a furat cocoșul, cu moarte să se omoare, și cocoșul să se întoarcă stăpânului împreună cu găina osânditei și cu ouăle ce va fi făcut.

— Bine ai judecat, răspunse împăratul. Eu sunt femeia cu cocoșul, și tu ești care l-ai furat; gătește-te la osânda care tu însăți ai găsit-o cu cale.

Țiganca începu a plânge, a se ruga, a se jeli, dară toate fură degeaba. O dete pe mâna ostașilor care fără milă îi răsplătiră nelegiuirea ce făcuse.

Then the King and his son, led by the old beggar-woman, went forth to her hut, and they were overjoyed when they found the fairy maiden again, alive and unharmed. And they treated her with the utmost respect, and brought her to the palace in great state, the King and the Prince themselves leading the procession. And she was wedded to the King's son that very day, and for three days and three nights thereafter there was great rejoicing and merrymaking throughout the length and breadth of the realm. And the good old woman was not forgotten, you may be sure of that! She got all sorts of handsome gifts, because she had been so very kind to the fairy in her hour of need. But, for the gypsy girl, when it became known how very cruel and wicked she had been to the poor little fairy, never a single word of pity was there heard anywhere! On the contrary, the wide world over folks were right glad when they learned that she had paid with her life for the evil deeds she had done!

După aceasta se duseră cu toții la casa babei, și fiul de împărat cu tată-său înainte ridicară pe fată cu toată cinstea; și după ce o aduse la palat, îndată îi și cununară, și mare veselie fu în toată împărăția trei zile d-a rândul, pentru că s-a găsit vie și nevătămată fata cu părul de aur, după care atâta a umblat fiul de împărat, și toți cu totul oropsea pe țigancă când s-a auzit istoria nelegiuirilor sale.

Încălecai p-o șea etc.

THE SEVEN-HEADED DRAGON
Balaurul Cel Cu Şepte Capete

In the olden, olden times there was an enormous Dragon, and he lived in a cave and ate men and women. He had seven heads, and whenever he came out of his cave for his meals, all the people would run away as fast as they could and shut themselves up in their houses, trembling for their lives. When this cruel Dragon, having caught unawares some ill-fated wayfarer, had made a hearty meal of him and satisfied for a time his terrible hunger, he would go back again to his cave; and then the terror-stricken people would come out of their hiding-places and bitterly bemoan the awful ravages wrought by the fell monster. They offered up prayers, countless as the stars in the sky, that they might be delivered from the voracious beast; but never any good did it do them, their prayers were all in vain.

Wizards and magicians were summoned by the King from all over the world, but with all their witchcraft they were unable to rid his country of that terrible scourge. At last, when the King saw that all their efforts had failed, he decided to give his beautiful daughter and half of his kingdom to whoever should kill the Dragon and save his people from ruin and destruction.

This was at once proclaimed throughout the length and breadth of his realm. Now, having heard of the royal announcement, three brave lads joined themselves together and resolved to go and slay the Seven-headed Dragon. The Dragon's cave happened to be at the very outskirts of the capital. The youths built a great big fire hard by the entrance to the cave, and agreed to lie in wait and watch for the Dragon by turns. And for fear that any of them might prove to be careless and fail to stay awake during his turn, they bound themselves by a solemn oath that whichever fell asleep during his watch and allowed the fire to go out, should forfeit his life at once.

Now, there had fallen in with these worthies, a strong handsome young fellow, who having likewise heard of the King's promised reward, had gone forth to try his luck, firmly determined to win the beautiful princess for his bride and half of the kingdom to boot.

34

A fost odată ca niciodată etc.

A fost odată într-o țară un balaur mare, nevoie de cap. El avea șapte capete, trăia într-o groapă, și se hrănea numai cu oameni. Când ieșea el la mâncare, toată lumea fugea, se închidea în case și sta ascunsă până ce-și potolea foamea cu vreun drumeț pe care îl trăgea ața la moarte. Toți oamenii locului se tânguiau de răutatea și de frica balaurului. Rugăciuni și câte în lună și în soare se făcuseră, ca să scape Dumnezeu pe biata omenire de acest nesățios balaur, dară în deșert.

Fel de fel de fermecători fusără aduși, însă rămasără rușinați cu vrajele lor cu tot.

În cele din urmă, daca văzu împăratul că toate sunt în deșert, hotărî ca să dea pe fiica lui de soție și jumătate împărăția sa acelui voinic, care va scăpa țara de această urgie, și dete în știre la toată lumea hotărârea sa.

Iară după ce se duse vestea în țară, mai mulți voinici se vorbiră să meargă împreună la pândă și să mântuiască țara de un așa balaur înfricoșat. Ei se înțelesără între dânșii ca să facă un foc la marginea cetății, care era mai apropiată de locul unde trăia balaurul, și în care cetate era și scaunul împărăției, și acolo să stea să privegheze pe rând câte unul, unul, pe când ceilalți să se odihnească; și ca nu cumva cela ce ar fi de pândă să doarmă și să vie balaurul să-i mănânce d-a gata, făcură legătură ca cela care va lăsa să se stingă focul să fie omorât, drept pedeapsă daca va dormi când ar trebui să fie deștept.

Cu acești voinici se întovărăși și un om verde, pui de român, știi colea, care auzise de făgăduința împăratului și venise să-și încerce și el norocul.

So, the four lads watched and watched by the great big fire, each taking his turn, but for quite a long time nothing happened. One evening, however, shortly before sundown, when it was our young friend's turn to keep watch, behold! forth came the enormous Dragon from out of his dark cave and moved softly towards the brave lads who lay fast asleep by the great fire.

At first, our friend was frightened nearly to death; but pretty soon he plucked up courage, and he rushed forward and leaped upon the Dragon with his bare sword, and fought him with might and main. And a most terrific fight it was indeed, but finally he dealt the beast such a powerful blow that snap! off came one of his heads, then snap! off came another head, and then another, and then still another, until at length the Dragon had only one head left. The monster was writhing with pain, and he was lashing his great tail in such a fearful way as to make your blood run cold. By this time our champion was well-nigh exhausted from the bloody struggle, but his companions slept as soundly as dormice. So, when he saw that they were not coming to his assistance, he gathered all his strength in one supreme effort, and pouncing down once more upon the frightful Dragon, behold! off came his last head! But alas! the enormous stream of blood that gushed forth from the hideous beast kept spreading and spreading, until it reached the fire and lo! put it out altogether.

Our hero was in a very, very bad plight indeed. True enough, he had slain the Seven-headed Dragon. But, he had allowed the fire to go out, and his comrades would be bound by their solemn oath to put him to death, unless he could find some way of lighting it again before they awoke. Now, mind what he did! To start with, he cut out the tongues from off the seven heads of the dead Dragon, and he hid them away in his bosom. Next, he climbed up into a big tall tree that stood nearby and began to spy in all directions for a fire, by means of which he might rekindle the one which unfortunately the Seven-headed Dragon's blood had extinguished.

Porniră, deci, cu toții, își aleseră un loc aproape de groapă și se puseră la pândă.Pândiră o zi, pândiră două, pândiră mai multe zile, și nu se întâmplă nimic. Iară când fu într-una din zile, cam după asfințitul soarelui, pe când era de rând viteazul nostru să pândească, ieși balaurul din groapă și se îndreptă către voinicii cari dormeau pe lângă foc.

Viteazului care priveghea, i se făcuse inima cât un purice, dară, îmbărbătându-se, se repezi, și unde se aruncă, măre, asupra balaurului cu sabia goală în mână, și se luptă cu dânsul, până îi veni bine și hârșt! îi taie un cap, hârșt! și-i mai tăie unul, și așa câte unul, câte unul până îi tăie șase capete. Balaurul se zvârcolea de durere și plesnea din coadă, de te lua fiori de spaimă, viteazul nostru însă se lupta de moarte și obosise, iară tovarășii săi dormeau duși.

Dacă văzu el că tovarășii săi nu se deșteaptă, își puse toate puterile, se mai aruncă o dată asupra grozavului balaur și-i tăie și capul ce-i mai rămăsese. Atunci un sânge negru lasă din ea, fiară spurcată, și curse, și curse, până ce stinse și foc și tot.

Acum ce să facă viteazul nostru, ca să nu găsească focul stins, când s-or deștepta tovarășii lui, căci legătura lor era ca să omoare pe acela care va lăsa să se stingă focul. S-apucă mai întâi și scoase limbile din capetele balaurului, le băgă în sân și iute, cum putu, se sui într-un copaci înalt, și se uită în toate părțile, ca de va vedea undeva vro zare de lumină, să se ducă și să ceară nițel foc, ca să ațâțe și el pe al lor ce se stinsese.

Cătă într-o parte și într-alta și nu văzu nicăiri lumină. Se mai uită o dată cu mare băgare de seamă și zări într-o depărtare nespusă o schinteie ce abia licărea. Atunci se dete jos și o porni într-acolo.

Well, he kept peering and peering through the pitch-black darkness, but it was of no use at all. Never the slightest trace of a light could he detect! Yet once more he searched the gloom, straining his eyes to the utmost, and behold! away off on the distant horizon he descried a light, flickering very, very faintly. In a trice he was down from the tree, and away he darted for that far-off glimmering as fast as ever his legs would carry him.

On and on and on he hastened until at last he came upon a great big forest. But whom do you think he ran into here? Why, none other than friend Midnight, who was rushing onward and onward at breakneck speed! But our young hero was resolved to fetch the light and rekindle his fire before his companions awoke, and so he at once decided to hold back the advance of time, come what might. He boldly stopped Midnight in his swift march, and after a mighty struggle he overcame him, and binding him hand and foot, he left him behind in the forest.

Then continuing his journey, on and on and on he travelled in the vast forest, when all of a sudden he again caught sight of someone running towards him swift as the wind. Who else could it be but our friend Dawn, chasing madly after Midnight and striving very, very hard to overtake him! Surely, our hero could not possibly allow him to do that, could he? He must needs find some way to hold him back also! But what was he to do? How ever could be manage? For he felt very, very weary now, and he had no strength left to make another fight. So he made believe he was a poor woodchopper, and hailing Dawn in a pitiful voice, he cried:

"Pray, sir, won't you kindly do a poor man a favor? Look at yonder tree. I've just cut it down at the root, but I'm so weary that, try ever so hard, I cannot get it on my back, so that I may carry it home. Wouldn't you please put your shoulder to it and just give it a little push and help me load it on my back?"

Se duse, se duse, până ce dete de o pădure, în care întâlni pe Murgilă, și pe care îl opri pe loc, ca să mai întârzie noaptea. Merse după aceea mai departe și dete peste Miazănoapte, și trebui să o lege și pe dânsa ca să nu dea peste Murgilă. Ce să facă, cum să dreagă ca să izbutească? O rugă să-i ajute a lua un copaci în spinare, care, zicea el, îl tăiase de la rădăcină; o învăță el să se puie cu spatele să împingă, pe când el tot cu spatele la copaci de ceealaltă parte va trage cu mâinile, ca să-i pice în spinare și să-l ia să se ducă la treaba lui.

Miazănoapte, de milă și de rugăciunea ce-i făcu, se puse cu spatele la copaciul care i-l arătă viteazul și, pe când împingea, el o legă de copaci cobză, și porni înainte, că n-avea vreme de pierdut.

Nu făcu multă cale și întâlni pe Zorilă, dară lui Zorilă nu prea îi da meșii a sta mult de vorbă, căci, zicea el, se duce după Miazănoapte, pe care o luase în goană. Făcu ce făcu și-l puse și pe dânsul la bună rânduială, ca și pe ceilalți doi, dar cu mai mare bătaie de cap. Apoi plecă înainte și se duse până ce ajunse la o peșteră mare, în care zărise focul.

Moved by pity, Dawn, who is rather a good-natured fellow, complied with his request. He leaned with his back against the tree to help him lift it up. But while he was pushing with all his might, our friend seized him, and tying him hard and fast to the tree, he started off again, for time was pressing, and he could not possibly afford losing even a fraction of a moment.

But he had not gone very far when he suddenly saw coming towards him another wayfarer, who was travelling as fast as lightning. Sure enough, it was our good friend Day! Who else could it be? Well, friend Day was even in greater haste than Dawn or Midnight. He was not the least bit inclined to enter into conversation; why, he would not even stop and pass the time of day, he was in such a tremendous hurry! Without taking breath, he cried that he was racing after Dawn and that he simply had to catch him, even though he were to break his neck over it. By this time our hero was of course completely exhausted, and it was, I can assure you, by no means an easy task to stop Day in his frantic chase. But stop him he did. I am sorry I cannot exactly tell you how. I wish I could. But our hero positively refused to tell me. All he told me was that somehow or other he managed to do it, and I, for one, am extremely grateful to him indeed for this most interesting piece of information. Well, having stopped Goodman Day, he pushed ahead until at length he reached a great big cave; and in front of this cave was a great big fire, which was the very fire he had seen from up in the top of the tall tree!

Alas! fresh dangers now awaited our champion! You see, this cave was inhabited by enormous giants, who were most horrible to look at, and had only one eye apiece, right in the middle of their foreheads, just fancy! He asked them to be good enough to let him have a light from their fire. But the brutes seized him and threw him in chains, and then they hung up a huge kettle of water over above the fire, in which to cook our friend for their morning meal.

40

Aci dete peste alte nevoi. În peșteră acolo trăiau niște oameni uriași carii aveau numai câte un ochi în frunte. Ceru foc de la dânșii, dar ei, în loc de foc, puseră mâna pe dânsul și-l legară. După aceea așezară și un cazan pe foc cu apă și se găteau să-l fiarbă ca să-l mănânce.

Dară tocmai când era să-l arunce în căldare, un zgomot se auzi nu departe de peștera aceea, toți ieșiră, și lăsară pe un bătrân de ai lor ca să facă astă treabă.

Cum se văzu viteazul nostru singur numai cu unchiașul, îi puse gând rău. Unchiașul îl dezlegă ca să-l bage în cazan, dară voinicul îndată puse mâna pe un tăciune și-l azvârli drept în ochiul bătrânului, îl orbi, și apoi fără să-i dea răgaz a zice nici cârc! îi puse o piedică și-i făcu vânt în cazan.

Luă focul după care venise, o apucă la sănătoasa, și scăpă cu față curată.

Ajungând la Zorilă, îi dete drumul. După aceea o tuli la fugă și fugi până ce ajunse la Miazănoapte, o dezlegă și pe dânsa, și apoi se duse și la Murgilă pe care îl trimise să-și vază de treabă.

Când ajunse la tovarășii săi, ei tot mai dormeau. Nu începuse, vezi, încă a se arăta albul zilei, atât de lungă fu noaptea, fiindcă voinicul îi oprise cursul, și așa avu timp destul să colinde după focul care îi trebuia.

N-apucă să ațâțe focul bine și tovarășii săi, deșteptându-se, ziseră:

— Dară lungă noapte fu asta, măi vere.

— Lungă da, vericule, răspunse viteazul.

Și se umfla din foale ca să aprinză focul.

But, as luck would have it, just exactly as the water was beginning to boil and the giants were going to drop him into the kettle, they heard a noise close by, and they hurried away to see what it was all about. Except one, the oldest of them all. He stayed behind to get their breakfast ready for them. When our friend found himself all alone with the giant, he plucked up heart again, and as the old man was removing his chains in order to cast him into the boiling water, the lad suddenly snatched a live coal from the fire and hurled it straight into his eye, blinding him completely. Then before the giant knew how it all came about, our hero tripped him up and plunged him head first into the kettle of boiling water. That done, he seized a burning stick and made off with it as fast as ever he could, so as to reach the cave and relight the fire before his companions awoke from their sleep. On his way back he found Day, just exactly where he had left him, and he set him free, to go wheresoever he pleased. That done, he put his best foot foremost and ran and ran and ran till he came upon Dawn. And he found him precisely where he had left him, strapped to the tree, and he unbound him and turned him loose. And finally he encountered Midnight, on the same identical spot where he had left him, and he released him too, and sent him off about his business. When our hero at last got hack again to the Dragon's cave, it was quite dark yet, and his companions were still fast asleep. The night, mark you, had been very long, far longer than usual, because our hero had stopped Midnight and Dawn and Day, so that he might have time enough to go and fetch the fire of which he stood in such great need.

He had barely rekindled the fire and got it under way again when his friends awoke and said:

"Quite a long night this was, brother!"

"Indeed it was," replied our hero, blowing on the fire with might and main.

Ei se sculară, apoi începură a se-ntinde și a căsca, dară se cutremurară când văzură namila de lighioană lângă dânșii și un lac de sânge cât pe colo. Zgâiră ochii și cu mare mirare băgară de seamă că capetele balaurului lipsesc, iară viteazul nu le spuse nimic din cele ce pățise, de teamă să nu intre ură între dânșii, și se întoarseră cu toții în oraș.

Când ajunseră în cetate, toată lumea se veselea cu mic cu mare de uciderea balaurului, da laudă sfântului că trecuse noaptea aia lungă, mai ajunseră o dată iară la ziuă și ridica pân în naltul cerului pe mântuitorul lor.

Viteazul nostru, care văzuse și el lipsa capetelor, nu se frământa deloc cu firea, fiindcă se știa curat la inimă, și porni către curtea împărătească, ca să vază ce s-o alege cu capetele fără limbi, căci el înțelesese că aici trebuie să se joace vreo drăcie.

Pasămite, bucătarul împăratului, un țigan negru și buzat, se dusese d-a minune să vază ce mai ala, bala, pe la flăcăii ce stau la pândă. Și daca dete peste dânșii dormind și peste dihania spurcată fără răsuflare, el se aruncă cu satârul de la bucătărie și-i tăie capetele. Apoi merse la împăratul cu capetele și i le arătă, fălindu-se că el a făcut izbânda.

Iară împăratul daca văzu că se înfățișează bucătarul curții cu izbândă, făcu o masă mare, ca să-l logodească cu fie-sa, și pusese în gând să facă o nuntă, unde să cheme pe toți împărații.

Țiganul arăta la toată lumea hainele sale pe care le umpluse de sânge, ca să fie crezut.

Când ajunse viteazul nostru la palat, împăratul cu voie bună ședea la masă, iară cioropina sta în capul mesei pe șapte perne.

Cum ajunse la împărat, îi zise voinicul:

– Preaînălțate împărate, am auzit că oarecine s-ar fi lăudat către măria-ta că el ar fi ucis pe balaur. Nu e adevărat, măria-ta, eu sunt acela care l-am omorât.

– Minți, mojicule, strigă țiganul îngâmfat, și poruncea slujitorilor să-l dea afară.

Finally they rose, stretching their limbs and yawning, but as they caught sight of the monstrous form of the slain Dragon hard by, and of the big pool of black blood all around them, they began to shake with terrible fear. But just fancy their amazement when they saw that his heads were all gone! Every single blessed one of them, gone! The Dragon's seven heads could not have walked away, could they now? Surely somebody must have stolen them while the three lads were asleep and our hero was striving so hard to get the fire! However, our friend kept his own counsel. Never a word did he breathe to his companions about what had befallen during the night. Sure enough, he had noticed right off that the Dragon's seven heads had all disappeared, but that did not worry him the least bit, for he had the seven tongues securely stowed away in his bosom. Well, the four friends determined to return to the city together, our hero having made up his mind that he would at once proceed to the royal court and see what had become of the seven tongueless heads of the Dragon.

On reaching the capital the youth was much astonished to find the people, great and small, rejoicing over the Dragon's death and praising Heaven for their deliverance from the terrible scourge! It was of course quite clear to our hero that some mischief was brewing somewhere.

Now mark you what had happened. That very night, the King's cook, a hideous old gypsy, had taken a stroll out of the city to see what wa going on, and had chanced upon the loathsome Dragon, who by this time was as dead as a door-nail. The three lads were sleeping soundly, and our hero was away in search of the fire. The gypsy quickly gathered up the seven heads of the dead monster and straightway hastened back to the King with them; and declaring that he had achieved the great deed, he claimed the beautiful princess for his wife and half of the kingdom into the bargain. Whereupon the King gave a great feast in his honor, betrothed him to his beautiful daughter, and announced a great wedding, to which he invited all the kings of the world.

Împăratul, care nu prea credea să fi făcut țiganul astă voinicie, zise:

– Cu ce poți dovedi zisele tale, voinicule?

– Zisele mele, răspunse viteazul, se pot dovedi prea bine, porunciți numai ca mai întâi să se caute daca capetele balaurului, care stau colea la iveală, au și limbile lor.

– Să caute, să caute, zise bahnița.

El însă o cam băgase pe mânică, dară se prefăcea că nu-i pasă.

Atunci căutară și la nici unul din capete nu găsiră limbă, iară mesenii înmărmuriră, căci nu știau ce va să zică asta.

Țiganul, care o sfeclise de tot, și care se căia de ce n-a căutat capetele în gură, mai nainte de a le aduce la împăratul, strigă:

– Dați-l afară că e un smintit și nu știe ce vorbește.

Împăratul însă zise:

– Tu, voinicule, va să zică ne dai să înțelegem că acela a omorât pe balaur care va arăta limbile.

– Fugi d-acolo, împărate, zise țiganul care tremura ca varga și se-ngălbenise ca ceara, nu vezi că calicul ăsta este un deșuchiat, care a venit aici să ne amăgească?

– Cine amăgește, răspunse voinicul liniștit, să-și ia pedeapsa.

El începu apoi a scoate limbile din sân și a le arăta la toată adunarea, și de câte ori arăta o limbă de atâtea ori cădea și câte o pernă de sub țigan, până ce, în cele din urmă, căzu și el de pe scaun, atât de tare se speriase dihania.

Meanwhile the wretch was strutting about as proud as a peacock, boasting and and bragging, and showing everybody his clothes, which he had besmeared with the Dragon's blood; and the people really and truly believed that it was he who had delivered them from the great peril.

Upon our hero's arrival at court, what should he see? Why, the King, in high spirits, seated at the head of the festive board, and beside him, at his right hand, the hideous gypsy cook reclining upon seven silk cushions! Then the slayer of the Dragon, bowing low before the King, said:

"All hail, oh King! There is a fellow hereabouts who boasts that he has killed the Seven-headed Dragon! He is deceiving you, oh mighty King! It is I who have slain the monster!"

"You lie, varlet!" cried the gypsy. "The fellow is lying! He's lying! Out with him! Out with him!" And he ordered our friend to be thrown out of doors.

But the King, who had found it rather hard to believe that the gypsy was capable of performing so great a deed, said, "Hold! What proofs can you show, my brave lad?"

"My words can be easily proved!" replied our hero. "If it please your Highness, let your men search the Dragon's heads and see if the tongues are there!"

"Pooh-pooh! Let them search!" shouted the black crow, who was now frightened clean out of his wits but was trying to put on a bold face. "Let them search! Let them search! Pooh- pooh! Pooh-pooh!"

They searched the Dragon's heads, but never a tongue could they find. The guests were all dumb with astonishment, they could not make head or tail of the whole business. But the black rascal—too late, though, now!—bitterly regretted that he had not taken a look into the Dragon's mouths, and trembling like an aspen leaf, he kept shouting at the top of his voice:

"Pooh-pooh! Put him out! Put him out! The fellow is raving mad! He's crazy! He's cracked! Pooh-pooh! Pooh-pooh! Out with him!"

46

După aceea voinicul nostru spuse toate câte a păţit, şi cum a făcut de a ţinut noaptea atât de mult timp.

Nu-i trebui împăratului să se gândească mult şi să vază că voinicul care vorbea avea dreptate, şi cum era de supărat pe ţigan, pentru mişelia şi minciuna lui cea neruşinată, porunci şi numaidecât se aduse doi cai neînvăţaţi şi doi saci de nuci, legă pe ţigan de coadele cailor şi sacii de nuci şi le dete drumul.

Ei o luară la fugă prin smârcuri, şi unde cădea nuca, cădea şi bucăţica, până ce s-a prăpădit şi ţigan şi tot.

În urmă pregătindu-se lucrurile, după câteva zile făcu nuntă mare, şi luă românaşul nostru pe fata împăratului de soţie, şi ţinu veselie mare şi nemaipomenită mai multe săptămâni, puindu-l şi în scaunul împărăţiei, iară fata lăcrămă şi mulţumi lui Dumnezeu că a scăpat-o de sluţenia pământului, de harapina spurcată.

Eram şi eu p-acolo şi dedeam ajutor la nuntă, unde căram apă cu ciurul, iară la sfârşitul nunţei aduseră un coş de prune uscate să arunce în ale guri căscate.

Încălecai p-o şea etc.

But the King said: "Now, my brave lad, do you mean to say that the man who is in possession of the tongues is the one who has killed the Dragon?"

"Pooh-pooh! Pooh-pooh!" again yelled the ugly cook, pale as death and shaking all over. "Pay no attention to the beggar! He's a fraud, a humbug! Pooh-pooh! Pooh-pooh!"

"Whosoever is a fraud," calmly answered our hero, "shall suffer the punishment he deserves." And thereupon he proceeded to pull out the tongues, one by one, from his bosom, where he had them safely hidden away; and every time he produced a tongue, one of the seven silk cushions fell down from under the scared cook; and when finally the last tongue had made its appearance, the seventh cushion slipped down, and the hideous creature himself toppled over and fell to the ground, fainting away from sheer fright.

Then our gallant young hero related all his adventures. How he had killed the Dragon, how he had stopped Midnight and Dawn and Day, how he had escaped from being cooked in boiling water by the one-eyed giant, and finally how he had returned to the cave and set the fire going again in good time.

It did not take the King long to see that there was truth in what our hero was saying. And his anger with the gypsy for his treacherous villainy and his shameless lying was so great that he at once ordered two untamed horses to be brought forward, and the cook was tied fast to the tails of the animals, and off they went, swift as arrows; and nobody ever saw the vile impostor again.

But a few days later a most magnificent wedding was celebrated. Our hero was married to the beautiful princess, and he was made King over half of the realm. And there was ever so much merrymaking throughout the entire land for weeks and weeks and weeks. And the King's daughter wept tears of joy, and she returned thanks to Heaven for having saved her from becoming the wife of the gypsy, who beyond all question was the most horrid creature in the whole world.

GALLANT YOUNG PRASLEA AND THE GOLDEN APPLES
Prâslea cel voinic şi merele de aur

In the long, long ago there lived once a mighty King; and he had behind his palace a most beautiful garden, which contained all kinds of wonderful flowers and fruit-trees, and was most carefully looked after. Never before was the like of it seen anywhere in the world. Away in the rear of the garden stood a tree that bore golden apples, but the King had never tasted one of those apples, for no sooner had they ripened than they would all disappear; somebody would come in the dead of night and steal them just when they were all ready to be eaten. Year after year the King's own guards as well as the pick of the soldiers of the realm had been stationed in the garden to keep watch, but all to no avail; the apples would vanish, and never was the thief caught. One day the King's eldest son came to him and said:

"Father dear, I have passed my whole life here, and every year I have seen the beautiful golden apples ripen, yet never once have we tasted one of them. Now they are getting ripe again. Give me leave, I beg of you, to keep watch this time, and I wager I will catch the thief who has been robbing us all these many years."

Said the King: "My clear boy, what good is it trying again? Ever so many men have stood watch in the garden, but they have all failed to capture the thief and save the apples." But the Prince begged so very hard that the King finally gave his consent, saying: "Well, I have spent lots and lots of money on this tree, and I should like to see one of those beautiful apples on my table. I will let you try; though, truth to tell, I have not much hope that you will succeed."

For one whole week the Prince kept close watch in the garden. He stood on guard every night, and in the daytime he rested himself. But one morning he came to his father and told him that towards midnight he had become so terribly drowsy that he could scarcely keep on his feet, and that, finally, overpowered by sleep, he had fallen down on the ground like one dead; and that when he had waked up, quite late in the morning, the apples were all gone, and the thief had made his escape!

A fost odată ca niciodată; că dacă n-ar fi, nu s-ar povesti; de când făcea plopșorul pere și răchita micșunele; de când se băteau urșii în coade; de când se luau de gât lupii cu mieii de se sărutau, înfrățindu-se; de când se potcovea puricele la un picior cu nouăzeci și nouă de oca de fier și s-arunca în slava cerului de ne aducea povești.

Era odată un împărat puternic și mare și avea pe lângă palaturile sale o grădină frumoasă, bogată de flori și meșteșugită nevoie mare! Așa grădină nu se mai văzuse până atunci, p-acolo. În fundul grădinei avea și un măr care făcea mere de aur și, de când îl avea el, nu putuse să mănânce din pom mere coapte, căci, după ce le vedea înflorind, crescând și pârguindu-se, venea oarecine noaptea și le fura, tocmai când erau să se coacă. Toți paznicii din toată împărăția și cei mai aleși ostași, pe care îi pusese împăratul să pândească, n-au putut să prinză pe hoți. În cele mai de pe urmă, veni fiul cel mai mare al împăratului și-i zise:

— Tată, am crescut în palaturile tale, m-am plimbat prin astă grădină de atâtea ori și am văzut roade foarte frumoase în pomul din fundul grădinei, dar n-am putut gusta niciodată din ele; acum a dat în copt, dă-mi voie ca nopțile astea să păzesc însumi, și mă prinz că voi pune mâna pe acel tâlhar care ne jefuiește.

— Dragul meu, zise tată-său, atâția oameni voinici au păzit și n-au făcut nici o ispravă. Doresc prea mult să văz la masa mea măcar un măr din acest pom care m-a ținut atâta sumă de bani și de aceea, iată, mă înduplec și te las ca să pândești, măcar că nu-mi vine a crede că o să izbutești.

Atunci fiul împăratului se puse la pândă o săptămână întreagă: noaptea pândea și ziua se odihnea; iară când fu într-o dimineață, se întoarse trist la tată-său și-i spuse cum priveghease până la miezul nopții, cum mai pe urmă îl apucase o piroteală de nu se mai putea ținea pe picioare, cum, mai târziu, somnul îl copleși și căzu ca un mort, fără să se poată deștepta decât tocmai când soarele era rădicat de două sulițe, și atuncea văzu că merele lipsesc.

On hearing this, the King was much aggrieved, and he resolved to put an end to the whole business and have the tree cut down. However, his second son came and begged him very hard to allow him also to try, and he vowed he would catch the thief who had brought so much sorrow upon them. And the King yielded and decided not to have the tree felled for another year.

Time wore on and fall came again, and when the apples were ripening once more, the Prince started on his watch. But alas! he met with the same fate as his elder brother. One night the apples had all vanished. Never a one was let upon the tree, and of the thief not the least trace anywhere!

Fancy, if you can, the King's dismay: he gave up all hope now, and, once more determined to have done with it all, he commanded the tree to be felled, when Praslea, his youngest son, came to him and said:

"Father dear, you have surely had a great deal of trouble and it would no doubt be better by far to cut the tree down rather than have years and years roll by without your ever tasting its marvelous fruit. For all this, I beg you to spare the tree for a while yet; it were but fair that I too be allowed to try my luck with it."

But the King was wroth, and he cried: "What! You? Begone, young fool! Your elder brothers and many other brave and shrewd men have tried, and they have failed, one and all. And you, a mere stripling, think you will succeed! You are well aware what fearsome things your brothers had to contend with, and there is doubtless witchcraft behind all this, and it might go hard with you if you tried."

But Praslea insisted and said:

"Please, father, I do not expect to catch the thief, but I may as well make an attempt; no harm will befall you. It is only fair that I shall have my chance."

And he kept on begging so hard that at length the King gave in and resolved to suffer the tree to stand for one year longer.

Nepoftită fu mâhnirea tatălui său, când auzi spuindu-i-se astă întâmplare.

De silă de milă, fu nevoit a mai aștepta încă un an, ca să facă și voia fiului său celui mijlociu, care cerea cu stăruință de la tată-său ca să-l lase și pe dânsul să pândească, și se lega că el va prinde pe hoții care îi făcea atâta întristare.

Timpul veni, merele începură a se pârgui; atunci fiul său cel mijlociu păzi și el; dară păți ca și frate-său cel mare.

Tată-său, deznădăjduit, pusese în gând să-l taie; dar fiul său cel mic, Prâslea, veni cu rugăciune către tată-său, și-i zise:

— Tată, atâția ani l-ai ținut, ai suferit atâtea necazuri după urma acestui pom, mai lasă-l, rogu-te, și anul acesta, să-mi încerc și eu norocul.

— Fugi d-aci, nesocotitule, zise împăratul. Frații tăi cei mai mari, atâți și atâți oameni voinici și deprinși cu nevoile n-au putut face nimic, și tocmai tu, un mucos ca tine, o să izbutească? N-auzi tu ce prăpăstii spun frații tai?

Împăratul se înduplecă să mai lase încă un an pomul.

When spring came again the apple-tree, clothed in beautiful white and pink blossoms, was marvelous to behold; and in the fall it bore such magnificent fruit that the King's heart was gladdened at the sight; but when he thought that he would never have any part in it, he was very sad, and he regretted that he had given his consent to have the tree spared.

In the meantime, Praslea would visit the garden daily, and he would turn round and round the apple tree, and he would keep pondering and pondering all the time. And finally, one day he went to his father and said

"Father dear, the apples are ripening again, and the time has come for me to show what I can do."

But the King said: "Well, my lad, good luck to you! But I must tell you once more that I very much fear that you will return empty-handed and disgraced, even like your brothers."

But Praslea said: "I do not hold out any promise. But try I must. And if I fail, it will be nothing to be ashamed of, for, anyway, I am the youngest of the boys."

At nightfall he went to the garden, taking along with him his bow and arrows and some food and drink, and also a few books to help him beguile away the time. He likewise brought two big poles. Now mind what he did. Having chosen a hidden spot hard by the apple-tree, he drove the poles in: the ground but a few inches apart, and that done he stood up right between them, with one pole in front and the other back of him, and in this position he kept watch for several nights in succession, his bow and arrows ever ready at hand. One night, at about twelve o'clock, he felt all of a sudden a balmy breeze waited towards him, charged with a lovely sweet fragrance, and a heavy drowsiness fell upon his eyelids; and do what be might, he could not keep awake, and before be knew it he vent to sleep and began to nod. But when his head would drop forwards, hang! it struck the front pole; and when it fell back wards, hang! hang! it struck the rear pole.

54

Sosi primăvara: pomul înflori mai frumos și legă mai mult decât altădată. Împăratul se veseli de frumusețea florilor și de mulțimea roadelor sale, dară când se gândea că nici în anul acesta n-o să aibă parte de merele lui cele aurite, se căia că l-a lăsat netăiat.

Prâslea se ducea adesea prin grădină, da ocol mărului și tot plănuia. În sfârșit, merele începură a se pârgui. Atunci fiul cel mai mic al împăratului zise:

— Tată, iată a sosit timpul; mă duc să pândesc și eu.

— Du-te, zise împăratul; dară negreșit că și tu ai să te întorci rușinat ca și frații tăi cei mai mari.

— Pentru mine n-are să fie așa mare rușine, zise el; fiindcă nu numai că sunt mai mic, dară nici nu mă leg ca să prinz pe tâlhari, ci numai o cercare să fac.

Prâslea dus în gradină a fost. Cum veni seara, se duse, își luă cărți de cetit, două țepușe, arcul și tolba cu săgețile. Își alese un loc de pândă într-un colț pe lângă pom, bătu țepușele în pământ și se puse între ele, așa cum să-i vină unul dinainte și altul la spate ca, daca îi va veni somn și ar moțăi, să se lovească cu barba în cel de dinaintea lui și daca ar da capul pe spate, să se lovească cu ceafa în cel de dinapoi.

Astfel pândi până când, într-una din nopți, cam după miezul nopții, simți că-l atinge încetișor boarea ziorilor care îl îmbăta cu mirosul său cel plăcut, o piroteală moleșitoare se alegă de ochii lui; dară loviturile ce suferi vrând să moțăiască îl deșteptară, și rămase priveghind până când, pe la revărsat de ziori, un ușor fâșâit se auzi prin grădină.

And everytime his head bumped against either pole, he woke up from that terrible drowsiness that threatened to overpower him. In this manner he succeeded in keeping awake and standing watch all night. At peep of day he suddenly heard a rustling noise coining up towards the apple-tree. Ever nearer and nearer it crept, very, very softly. His eyes intently fixed upon the tree, he grasped his bow and arrows and held himself in readiness. Meanwhile the noise grew louder and louder, and he thought he heard someone steal slowly up to the tree and lay hold of its fruit-laden branches. Then, whizz! off flew one arrow, and whizz! off flew another arrow, and whizz! off flew still another arrow, and Praslea heard a cry and a moan of pain come from near the tree, and then there was a deadly silence. At length the golden apples were saved! And in the first glimmering of dawn, Praslea plucked a few apples from off the tree, and he put them on a golden tray and brought them to his father.

Just imagine, if you can, the King's surprise and his joy when he saw upon the table right before him the beautiful golden apples for which he had been longing all these many, many years He could scarcely believe his own eyes. And he was gazing and gazing upon them as if in a dream when suddenly he heard Praslea cry out:

"But the thief has made his escape! I must set out at once and catch him!"

However, the King was so happy, so happy that he would not hear of it, But Praslea persisted. He took his father to the garden and showed him the trail of blood starting right from the tree, and he vowed that he would run the thief down even if he had to search him out in a serpent's lair. He asked his brothers to go with him, and they were only too willing to do so. For they were envious and jealous of their younger brother, who by his great deed had put them to shame, and they hated him from the bottom of their heart, and were in hopes that perhaps they might find an opportunity to do away with him during the course of the journey. So the three brothers made ready, and without further delay they set forth in hot pursuit of the thief.

Atunci, cu ochii țintă la pom, luă arcul și sta gata; fâșâitul se auzi mai tare și un oarecine se apropie de pom și se apucă de ramurile lui; atunci el dete o săgeată, dete două și, când dete cu a treia, un geamăt ieși de lângă pom și apoi o tăcere de moarte se făcu; iară el, cum se lumină puțin, culese câteva mere din pom, le puse pe o tipsie de aur și le duse la tatăl său.

Niciodată n-a simțit împăratul mai mare bucurie decât când a văzut la masa sa merele de aur din care nu gustase niciodată.

— Acum, zise Prâslea, să căutăm și pe hoț.

Dară împăratul, mulțumit că pipăise merele cele aurite, nu mai voia să știe de hoți. Fiul său însă nu se lăsa cu una cu două, ci, arătând împăratului dâra de sânge ce lăsase pe pământ rana ce făcuse hoțului, îi spuse că se duse să-l caute și să-l aducă împăratului chiar din gaură de șarpe. Și chiar de a doua zi vorbi cu frații lui ca să meargă împreună pe urma hoțului și să-l prinză.

Frații săi prinseră pizmă pe el pentru că fusese mai vrednic decât dânșii și căutau prilej ca să-l piarză; de aceea și voiră bucuros să meargă. Ei se pregătiră și porniră.

On and on and on they travelled, following the tracks left by the thief in his flight, until they reached the wilderness and still farther and farther they went until suddenly they came upon a great big cave, and there the trail stopped. But how could they ever get down into the cave? They decided to let themselves down into it one after the other by means of a rope and a pulley. The eldest brother was the first to descend. But no sooner had they dropped him a few feet into the cave then lie gave the rope a twitch, which was the sign agreed upon to pull him up; and immediately they hauled him up again. Next, the second brother was let down into the cave, and he allowed them to lower him just a tiny little bit deeper, and then he too gave the rope a hard pull, and they instantly hoisted him up. He had not accomplished much more than the elder brother, had he? It was Praslea's turn now. Only too well he knew how his brothers hated him, and that they were bent upon his destruction. But for all that, he was for going down into the cave as far as he possibly could, firmly resolved to see the matter through, come what might. So he told them that when he moved the rope they should not pull him out but on the contrary lower him still farther down; and that when he had reached bottom, they should station watchers, and haul the rope out again only when it struck against the edges of the cave, but not before that.

Down into the cave he went; and every time he gave a pull, they paid out more rope, and so they kept on lowering it deeper and deeper until they observed that it was loose, as a rope will he when there is nothing to hold it at the farther end. Then Praslea's brothers were quite happy and contented, and they thought:

"Now we will wait and see what this clever brother of ours will accomplish. But whether he be successful or not in his search for the thief, it will make no difference to us; we will destroy him anyway. We must rid ourselves of him, for he has brought shame and disgrace upon our heads."

Se luară, deci, după dâra sângelui și merse, merse, până ce ieșiră la pustietate, de acolo mai merse oleacă până ce dete de o prăpastie, unde se și pierdu dâra. Ocoliră împregiurul prăpastiei și văzură că dâra de sânge nu mai înainta. Atunci pricepură ei că în prăpastia aceea trebuie să locuiască furul merelor.

Dară cum să se lase înăuntru? Porunciră numaidecât vârteje și funii groase, și îndată se și gătiră. Le așezară, și se lăsă fratele cel mare.

– Dară, zise el, când voi scutura frânghia, să mă scoateți afară.

Așa și făcură. După fratele cel mare se coborî cel mijlociu și făcu și el ca cel dintâi, atâta numai că se lăsă ceva mai în jos.

– Acum e rândul meu să mă las în prăpastie, zise Prâslea, văzând că frații cei mari se codesc; când voi mișca frânghia, voi mai mult să mă lăsați în jos; și după ce veți vedea că frânghia nu se mai duce la vale, să puneți paznici, să păzească și, când va vedea că frânghia se mișcă de lovește marginile groapei, să o trageți afară.

Se lăsă și cel mai mic din frați și, de ce mișca frânghia d-aia îl lăsa mai jos, și-l lăsară, până ce văzură că frânghia nu mai sta întinsă, cum este când are ceva atârnat de capătul ei.

Atunci frații ținură sfat și ziseră:

– Să așteptăm până ce vom vedea daca face vreo izbândă, și atunci ori bine ori rău de va face, să-l pierdem, ca să ne curățim de unul ca dânsul care ne face de rușine.

Praslea, however, upon reaching the bottom of the cave, saw that he was in the Land of the Great-Underneath. There, things were absolutely different from anything he had ever beheld in the Land of the Great-Above. Rocks and trees and flowers and animals—everything was passing strange, and he was filled with awe and amazement. And never a human being did he see of whom he might ask his way, and so he kept right on and on until he finally reached a marvellous palace, which was altogether out of copper; and wishing to learn who it was that dwelt there, he walked straight toward it when lo! upon the doorstep of the palace he perceived a most beautiful maiden who cried out to him joyfully:

"Ah, Heaven be praised that it is at last given to me again to behold a being from the Great-Above! But tell me, brother, what is it that brings you hither? And how did you manage to reach the Great-Underneath? And are you aware that you are in the Land of the Three Great Giants? But you must know that my father is a King in the world you are coming from, and that the horrid giants took me and my two younger sisters away from our dear parents, and they are now holding us here against our will, woe is us!"

Praslea then related to the beautiful princess all that had befallen him, from first to last. He told her how he had saved the golden apples, how he had wounded the thief with his arrow, how he had followed his trail, and finally how he had descended into the cave in search of him. Then he asked her what manner of beings were those three giants. But what he desired to know above all was whether the giants were brave men or cravens.

Prâslea ajunse pe tărâmul cellalt, se uită cu sfială în toate părţile, şi cu mare mirare văzu toate lucrurile schimbate; pământul, florile, copacii, lighioni altfel făptuite erau p-acolo. Deocamdată îi cam fu frică, dară, îmbărbătându-se, apucă pe un drum şi merse până dete de nişte palaturi cu totul şi cu totul de aramă.

Nevăzând nici pui de om pe care să-l întrebe câte ceva, intră în palat, ca să vază cine locuia acolo. În pragul uşei îl întâmpină o fată frumuşică, care zise:

— Mulţumesc lui Dumnezeu că ajunsei să mai văz om de pe tărâmul nostru. Cum ai ajuns aice, frate, îl întrebă ea; aici este moşia a trei fraţi zmei, care ne-a răpit de la părinţii noştri, şi suntem trei surori şi fete de împărat de pe tărâmul de unde eşti tu.

Atunci el povesti în scurt toată istoria cu merele, cum a rănit pe hoţ şi cum a venit după dâra sângelui până la groapa pe unde s-a lăsat în jos la ea. şi o întrebă ce fel de oameni sunt zmeii aceia şi dacă sunt voinici.

She told him that they were brothers, and that they were trying to force the princesses to become their wives. Thus far, however, the maidens had succeeded in putting them off, asking them to do all sorts and kinds of utterly impossible things. But it was all of no use whatsoever. The horrid giants would move heaven and earth, and always they would give the princesses every single blessed thing they demanded, no matter how difficult it might be to achieve. And then the maiden said:

"Of a truth, they are brave men. But you must not lose heart. With the help of Heaven you will conquer them. But good gracious! you must hide now, quick! The giant will be home soon, and if he finds you here, it will go hard with you. He has a fearful temper. And he is as fierce as a lion, when he is hungry. This is his dinner-hour; and when he is one mile away from here, he throws his cudgel before him, and it flies through the doorway, into the hall, and it strikes the table, and then it speeds straight up on to yonder hook in the wall, and there it stays. And I know then that he is on his way homewards."

Scarcely had she finished when a sharp hissing sound was heard. Something flew into the hall through the doorway, and it hit the table, and then straightway up on to the hook in the wall it went, and there it stayed, just fancy! It was the giant's cudgel! He was now precisely one mile away from home. But, undaunted, Praslea instantly grasped the cudgel, and hurling it with greater force by far than that with which it had come, straight back it flew and landed plump on the giant's left shoulder!

Ea îi spuse apoi că fiecare din zmei şi-a ales câte una din ele şi le tot sileşte să-i ia de bărbaţi, iară ele se tot împotrivesc cu fel de fel de vorbe, cerându-le câte în lună şi în soare, şi ei se fac luntre şi punte de le împlinesc toate voile.

— Ei sunt în adevăr voinici, adăogă ea, însă cu vrerea lui Dumnezeu poate îi vei birui. Dară până una alta ascunde-te, vai de mine! undeva, să nu dea zmeul peste tine în casa lui, că e năbădăios şi se face leu-paraleu. Acum e timpul când are să vină la prânz, şi are obicei de aruncă buzduganul cale de un conac şi loveşte în uşă, în masă şi se pune în cui.

N-apucă să isprăvească vorba, şi se auzi ceva că şuieră, că loveşte în uşă, în masă, şi buzduganul se arată şi se aşeză în cui. Dară Prâslea luă buzduganul, îl azvârli înapoi mai departe decât îl azvârlise zmeul; şi, când era prin dreptul lui, îl atinse pe umere.

Great was the giant's surprise! His own cudgel had returned, and it had come back even faster than it had gone, and had struck him, stopping his onward rush. With a groan of pain he picked up the cudgel, and as fast as his legs could carry him he ran home. And hardly had he reached the palace-gate when he was heard to roar in a towering rage:

"What ho! Methinks I smell flesh from the Land-of-Man!" And catching sight of Praslea, who had bravely stepped forth to meet him, he cried out to him: "What ill wind, oh man, has brought you hither to my country? Would you leave your bones in Giant's-Land, young fellow?"

"I am come to kill the apple-thief," calmly replied Praslea.

"If that is your errand, young fellow," howled the giant, "you will have to fight me first! Now, what weapon do you choose? Shall it be cudgels, to strike with? Or swords, to slash with? Or do you favor wrestling perchance?"

Answered Praslea: "Wrestling will suit me! Fair and square fighting, wrestling is to be sure!"

They threw their arms around each other, and they strove mightily. They wrestled and they wrestled, long and hard. Finally the giant, squeezing Praslea tightly, raised him away up, and then drove him into the ground up to his very ankles. But Praslea, putting forth his whole strength, suddenly caught the giant around the waist, and lifted him away, way up into the air, and then hurling him downwards with terrific force, plunged him into the ground clean up to his knees. That done, he pulled out his sword, and snap! off came the giant's great big head!

Zmeul, speriat, stătu în loc, se uită după buzdugan, se duse de-l luă și se întoarse acasă. Când era la poartă, începu să strige:

– Hâm! hâm! aici miroase a carne de om de pe tărâmul cellalt; și, văzând pe fiul de împărat ce-i ieșise înainte, îi zise: Ce vânt te-a adus pe aici, omule, ca să-ți rămâie oasele pe alt tărâm?

– Am venit ca să prinz pe furii merelor de aur ale tatălui meu.

– Noi suntem, îi zise zmeul; cum vrei să ne batem? În buzdugane să ne lovim, în săbii să ne tăiem, ori în luptă să ne luptăm?

– Ba în luptă, că e mai dreaptă, răspunse Prâslea.

Atunci se apucară la trântă, și se luptară și se luptară, până când zmeul băgă pe Prâslea în pământ până la glezne; iar Prâslea se opinti o dată, aduse pe zmeu și, trântindu-l, îl băgă în pământ până în genunchi și-i și tăie capul.

With tears in her eyes, the princess thanked our hero for having rescued her from the giant's power, and then she besought him to save her sisters also from their thraldom. He promised that he would, and having rested himself for several days, he set forth to rescue the second sister. This maiden dwelt in a palace built altogether out of silver; and she received him with very great joy, even as her elder sister had done before. And she too begged him to hide, but he refused. Just then something was heard whizzing through the air; through the doorway and into the hall it sped, and after striking the table, straightway it flew up on to the hook in the wall and there it hung! It was the cudgel hurled by the second giant, and it had travelled a distance of two miles, just think! But Praslea, not to be outdone, flung the cudgel with greater force by far, and back it flew, and it hit the great big monster squarely on the jaw. The giant was surprised, to say the least, and he was raving mad with anger. His own cudgel had come back, even faster than it had gone and had struck him right plump on the jaw! He quickly picked up the cudgel and rushed home in a tremendous rage. And he too wrestled with Praslea, and they strove mightily, but even like his brother before, the giant was worsted, and he left his great big head in our hero's hands.

The princess having thanked him for freeing her from her bondage, entreated him to save the youngest sister also, and she told him just how to go about it, and then she said:

"I must tell you, though, that this giant is stronger by far than his elder brothers, but I trust that with the help of Heaven you will master him, too. Fortunately, he has not yet quite recovered from the wound caused by your arrow when he attempted to steal the golden apples from you."

Fata, cu ochii plini de lacrămi, îi mulțumi că a scăpat-o de zmeu, și-l rugă să-i fie milă și de surorile ei.

După ce se odihni vreo două zile, porni, după povața fetei, la soră-sa cea mijlocie care avea palaturile de argint.

Acolo, ca și la cea mare, fu primit cu bucurie; fata îl rugă să se ascunză; iar el nu voi; ci, când veni buzduganul să se așeze în cui, pe care îl aruncase zmeul ei cale de două conace, el îl aruncă mult mai îndărăt, izbind și pe zmeu în cap; iară zmeul veni turburat, se luptă cu Prâslea ca și frate-său cel mare, și rămase și el mort.

Fata, după ce îi mulțumi, îl povățui cum să facă ca să scape din robie și pe sora lor cea mai mică.

– Deși e mai puternic, zise fata, decât frații lui pe care i-ai omorât, dar cu ajutorul lui Dumnezeu și mai ales că e și cam bolnav din lovitura ce i-ai dat cu săgeata când a vrut să fure merele, nădăjduiesc că-i vei veni de hac.

Praslea felt very happy over his great success, and having taken a thorough rest he set forth to fight the third giant, who was the one that had been stealing the golden apples, and to save the youngest of the sisters also. She dwelt in a palace built altogether out of gold, and when Praslea caught sight of it, he was filled with awe and amazement, but plucking up courage he entered. On seeing him, the maiden prayed and besought him to save her, for the giant had decided to marry her the very moment his wound had healed, whether she was willing or not.

She had not done speaking when in through the doorway flew the giant's cudgel and struck the table, and straightway up on to the hook in the wall, and there it hung! It had travelled three miles, just fancy! Praslea, however, hurled it with greater force even, and back the cudgel flew, and it struck the horrid giant full on his chest. The giant was surprised, and also he was in a towering rage. His own cudgel had come back three miles and had struck him good and hard! He ran home as fast as ever he could, and on entering the palace-yard he shouted:

"Who is it has dared cross into my country and enter my house?"

"It is I, Praslea!" replied our hero, "I have come for you who stole our golden apples!"

Tell my good man," cried the giant, "you shall be severely punished for your rashness! It is you yourself who have chosen the way you have come, true enough, but the way you will go hence I shall choose for yon, depend upon that!"

"I fear you not," cried Praslea, "and before the day is out, I shall wear that sheepskin of yours, so help me God!"

O săptămână întreagă se desfătară împreună cu amândouă fetele, și Prâslea odihnindu-se de ostenelile ce încercase, porni și către zmeul de al treilea.

Văzând palaturile de aur în care locuia zmeul cel mic, rămase cam pe gânduri, dară, luându-și inima în dinți, intră înăuntru.

Cum îl văzu, fata îl rugă ca pe Dumnezeu să o scape de zmeu, care, zicea ea, e otărât ca, îndată ce se va face sănătos bine, să o silească oricum să se însoțească cu dânsul.

Abia isprăvise vorba și buzduganul, izbind în ușă și în masă, se puse în cui. Prâslea întrebă ce putere are zmeul și îi spuse că aruncă buzduganul cale de trei conace; atunci el aruncă și mai departe, lovindu-l în piept.

Zmeul, turbat de mânie, se întoarse numaidecât acasă.

— Cine este acela care-a cutezat să calce hotarele mele și să intre în casa mea?

— Eu sunt, zise Prâslea.

— Dacă ești tu, îi răspunse zmeul, am să te pedepsesc amar pentru nesocotința ta. Cum ai vrut, venit-ai; dară nu te vei mai duce cum vei voi.

— Cu ajutorul lui Dumnezeu, îi răspunse Prâslea, am eu ac și de cojocul tău.

They agreed to have it out by wrestling. And they fought mightily. They wrestled and they wrestled, all day long, and at eventide a raven came along and kept wheeling round and round above their heads, croaking hoarsely as though he were hungry and hunting for food. When the giant spied him, he cried:

"Oh! Raven! Raven! Pray, do fetch me some tallow and smear my body therewith, and you shall have this fellow's corpse for your supper, good raven!"

But Praslea cried: "Oh! Good raven! Good raven! You put some tallow on my body, and three corpses shall you have for your supper, dear raven!"

The raven croaked: "Three corpses! Oh! Would that such a godsend might fall to my lot! Then perhaps I might have good cheer and eat my fill for once!

But Praslea called out: "They are yours, good raven! My word is as good as my bond! Do you but fetch me the tallow, my dear raven!"

The raven lost no time. He speedily fetched some tallow, and he rubbed it into Praslea's body, and from it our hero gathered new strength for his struggle with the monster. And they fought and fought until they were both weary and worn out and terribly thirsty. And the giant cried to the princess:

"Oh, fair maiden! Give me but one drop of water, and I shall marry you even to-morrow, fair maiden!"

But Praslea appealed to her, saying: "Fair maiden! Fair maiden! Fetch me a drink of water, and I will wed you and take you back to our own world, oh beautiful maiden!"

And the maiden answered: "I will get you the water, and may Heaven help you, my brave hero!"

Atunci se învoiră să se ia la luptă dreaptă,
și se luptară
și se luptară,
zi de vară
până seara;
iară când fu pe la nămiez, se făcură amândoi două focuri și
așa se băteau; un corb însă le tot da ocol, croncănind.

Văzându-l, zmeul îi zise:

– Corbule, corbule! ia seu în unghiile tale și pune peste
mine, că-ți voi da stârvul ăsta ție.

– Corbule, corbule! îi zise și Prâslea, dacă vei pune peste
mine seu, eu îți voi da trei stârvuri.

– Unde dă Dumnezeu să cază o asemenea tiflă peste
mine! Mi-aș sătura sălașul întreg.

– Adevăr grăiește gura mea, îi răspunse Prâslea.

Corbul, fără a mai întârzia, aduse în unghiile sale seu,
pune peste viteazul Prâslea, și prinse mai multă putere.

Către seară zise zmeul către fata de împărat, care privea
la dânșii cum se luptau, după ce se făcuseră iară oameni:

– Frumușica mea, dă-mi nițică apă să mă răcoresc, și-ți
făgăduiesc să ne cununăm chiar mâine.

– Frumușica mea, îi zise și Prâslea, dă-mi mie apă, și-ți
făgăduiesc să te duc pe tărâmul nostru și acolo să ne
cununăm.

– Să-ți auză Dumnezeu vorba, voinice, și să-ți
împlinească gândul! îi răspunse ea.

And she quickly fetched some water and gave it to Praslea, and he drank, and from it he gathered fresh strength for the struggle. He gripped the giant with his strong sinewy arms and lifted him away up in the air, and then flinging him way down again drove him into the ground even as far as his knees. But the giant, making a huge effort, raised Praslea away, way up and bringing him down again, pitched him into the earth as far as his waist. However, Praslea now mustering all his strength, once more hugged the giant and squeezed him so hard that he made all his bones crack, and he hoisted him away, way up in the air and then hurled him down again with such tremendous force that he thrust him into the ground clear up to his neck. And having done so, he drew his sword, and snap! off came the giant's great big head.

The maidens however, now that they were freed at last from their awful bondage, were beside themselves with joy, and they embraced and kissed their savior, and said, "Henceforth you shall be a brother unto us!" And then they told him that in each of the three palaces he would find a whip, and if he cracked the whips in the four corners of the palaces, the latter would turn into apples forthwith. Praslea found the whips, and he cracked them, and lo! instantly each palace changed into an apple. The copper palace changed into a copper apple, the silver palace into a silver apple, and the golden palace into a golden apple! That done, they made ready to go back again to their own world.

Upon his return to the bottom of the cave, Praslea gave the rope such a heavy jerk that it struck against all the edges. The watchers above knew what this meant, and they began to pull as fast as they could, and lo! up came a beautiful lassie! It was the eldest of the three sisters, and she had the copper apple; and she also brought a note from Praslea bidding his eldest brother to take her for his wife.

Fata de împărat dete apă lui Prâslea de băo și prinse mai multă putere; atunci strânse pe zmeu în brațe, îl ridică în sus și, când îl lăsă jos, îl băgă până în genunchi în pământ; se opinti și zmeul, ridică și el în sus pe Prâslea și, lăsându-l jos, îl băgă până în brâu; puindu-și toate puterile, Prâslea mai strânse o dată pe zmeu de-i pârâi oasele și, aducându-l, îl trânti așa de grozav, de îl băgă până în gât în pământ și-i și tăie capul; iară fetele, de bucurie, se adunară împregiurul lui, îl luau în brațe, îl sărutau și îi ziseră:

— De azi înainte frate să ne fii.

Îi spuseră apoi că fiecare din palaturile zmeilor are câte un bici, cu care lovește în cele patru colțuri ale lor și se fac niște mere. Așa făcură, și fiecare din fete avură câte un măr. Se pregătiră, deci, să se întoarcă pe tărâmul nostru.

Ajungând la groapă, cletenă frânghia de se lovi de toate marginile groapei. Paznicii de sus pricepură că trebuie să tragă frânghia. Se puseră la vârtejuri și scoaseră pe fata cea mare cu mărul ei de aramă.

Ea, cum ajunse sus, arătă un răvășel ce-i dase Prâslea, în care scria că are să ia de bărbat pe frate-său cel mai mare.

The rope was then lowered, and lot up came another beautiful lassie! It was the second eldest sister, and she had the silver apple; and she too had a note from Praslea, which read that she should be the wife of the second brother.

Then once more the rope was lowered, and lot forth issued another beautiful lassie! This was the youngest sister, who was betrothed to Praslea. But mark you, Praslea had not given her the golden apple; he had kept it, for he knew that it would be of great use to him in his hour of need.

The maidens were now free again. After many years of slavery they were back, safe and unharmed, in the world of the Great-Above, where they were born and brought up, and they felt very, very happy indeed. And they wept tears of joy at the thought that ere long they would be able to see their beloved parents once more.

Again the rope was lowered, this time to haul Praslea up. But he mistrusted his brothers, for he had seen through them, and he suspected them of evil designs. So, what should he do but attach a great big stone to the end of the rope, and on top of the stone he fastened his cap. Up went the rope. His brothers, the very moment they spied the cap, recognized it, and thinking it was Praslea coming up, sure enough they cut the rope instantly, and down into the deep plunged the rock, and with a tremendous crash and smash it struck the bottom of the cave. And they had no doubt whatsoever but that Praslea was done for, and, rejoicing over their wicked deed, they felt certain that they had got rid of him for ever and ever; and then they went and told the princesses that Praslea had lost his life by an accident.

Bucuria fetei fu nespusă când se văzu iară pe lumea unde se născuse.

Lăsară din nou frânghia și scoase și pe fata cea mijlocie, cu mărul ei cel de argint și cu o altă scrisoare, în care o hotăra Prâslea de soție fratelui celui mijlociu.

Mai lăsară frânghia și scoase și pe fata cea mică: aceasta era logodnica lui Prâslea; însă mărul ei cel de aur nu-l dete, ci îl ținu la sine.

El simțise de mai-nainte că frații săi îi poartă sâmbetele și, când se mai lăsă frânghia ca să-l ridice și pe el, dânsul legă o piatră și puse căciula deasupra ei, ca să-i cerce; iară frații dacă văzură căciula, socotind că este fratele loc cel mic, slăbiră vârtejile și dete drumul frânghiei, care se lăsă în jos cu mare iuțeală, ceea ce făcu pe frați să crează că Prâslea s-a prăpădit.

The maidens were well-nigh crazed with grief. But the traitors took them to the King, and feigning great sorrow, told him that his son had perished by accident; and not very long after they married the two elder maidens, even as Praslea had bidden them. But their sister positively refused to listen to any offer of marriage that was made to her.

But what about our good friend Praslea? When the rock had struck the bottom of the cave, our hero might have fared badly, forsooth; but he quickly leaped out of harm's way, just barely escaping being crushed to death. However, he realized at once what a terrible predicament he was in. True enough, he had slain the three great big giants, and rescued the three maidens, and he had foiled the treacherous designs of his brothers upon his life; and for all this he felt very, very grateful indeed. But how in the world was he ever to get out of the cave again and go back to the Land of the Great Above to see his dear parents once more and his beloved sweetheart? Well, what else was there left for him to do but beat and rack his poor brains, and weep and wail, and moan and groan? But all of a sudden he heard most pitiful cries, which filled his heart with pain and anguish; and as he looked about to see what was the matter, he saw a big, big tree, and climbing up it a great big dragon, who was trying to devour the young of a Giant Bird. In the twinkling of an eye Praslea had unsheathed his sword, and pouncing down upon the monster, he slew him; and that done, he cut him all up into small bits.

Now, the fledglings felt very grateful, of course, and they said: "We thank you ever, ever so much! But we must hide you quickly! Because, mother, when she comes back home again, will be so happy, so happy that you have saved our lives, that she will hug you and swallow you up alive, out of sheer joy." So they at once plucked a feather from out of the back of one of them, and then they hurriedly concealed Praslea underneath that feather.

Luară, deci, fetele, le duseră la împăratul, îi spuseră cu prefăcută mâhnire că fratele lor s-a prăpădit, şi se cununară cu fetele, după cum rânduise Prâslea. Iară cea mică nu voia cu nici un chip să se mărite, nici să ia pe altul.

Prâslea, care şedea doparte, văzu piatra care căzuse cu zgomot, mulţumi lui Dumnezeu că i-a scăpat zilele şi se gândea ce să facă ca să iasă afară. Pre când se gândea şi se plângea dânsul, auzi un ţipăt şi o văietare care îi împlu inima de jale; se uită împregiur şi văzu un balaur care se încolăcise pe un copaci şi se urca să mănânce nişte pui de zgripsor. Scoase paloşul Prâslea, se repezi la balaur şi numaidecât îl făcu în bucăţele.

Puii, cum văzură, îi mulţumiră şi-i ziseră:

— Vino încoa, omule viteaz, să te ascundem aici, că, de te va vedea mama noastră, te înghite de bucurie.

Traseră o pană de la unul din pui şi-l ascunseră în ea.

When the Giant Bird returned home and saw the huge mass of small pieces that was once a dragon, she asked her little chicks who it was that had done them such a good turn.

"Mother dear," replied the young birds, "it was a being from beyond our own world, and he has gone away again, and he has made off towards Sunrise!"

At this, the mother bird cried: "Why, I want to see him and thank him for his great kindness to my dear little children! I must go and overtake him, but I'll be right back again!"

Swift as the wind, the Giant Bird flew off towards Sunrise, in the direction the birdlings had told her Praslea had taken; but in a very few moments she was back again even as she went, and she cried angrily: "I've searched everywhere, but I can't find him! Now, you must be good little children! Tell me the truth at once! Which way did the dear stranger go?"

"Sure, towards Sundown, dearest mother, even so!" chirped the poor dear little innocents.

Off towards Sundown the Giant Bird winged her flight. In a trice she had gone and searched the Great-Underneath from one end to the other, but she came back even as she went, and she was very furious, and she told her little chickabiddies that they were naughty, naughty children, and that they must tell her the whole truth right off, otherwise it might go very hard with them indeed. And the little ones were afraid, and they said:

"Now, dear little mother, we will tell you where he is! But you must promise not to do him any harm! Now, promise? Honor bright!"

"All right, darlings, I promise," cried the mother bird. "Quick now, where is he?"

Când veni zgripsoroaica și văzu grămada aia mare de bucățele de balaur, întrebă pe pui, cine le-a făcut ăst bine?

– Mamă, ziseră ei, este un om de pe tărâmul celălalt și a apucat încoa spre răsărit.

– Mă duc, le zise ea, să-i mulțumesc.

Ea porni ca vântul înspre partea încotro îi spusese puii că a apucat omul. După câteva minute, se întoarse:

– Spuneți-mi drept, le zise, încotro s-a dus.

– Spre apus, mamă.

Și într-o bucată de vreme, ca de când începui să vă povestesc, străbătu cele patru părți ale tărâmului de jos și se întoarse cu deșert. Ea ceru ca numaidecât să-i spuie. În cele mai de pe urmă, îi ziseră puii:

– Dacă ți l-om arăta, mamă, ne făgăduiești că nu-i vei face nimic?

– Vă făgăduiesc, dragii mei.

Well, out from under the feather they brought Praslea forth, and at sight of him the Giant Bird was overjoyed, and in her great happiness she swooped down upon him and gave him a great big hug; and she would most surely have swallowed him up whole, had it not been for the little dears who came to the rescue and quickly covered him up with their plumage.

Said the Giant Bird then: "Good stranger, you have saved my poor dear little ones from a most horrible death, and I thank you for it with all my heart! But what can I do for you now, my dear lad? Speak, and your bidding shall be done forthwith!"

"Well," said Praslea, "you might take me back again to the world up above!"

"A mighty hard thing you are asking of me, my son," said the Giant Bird, "but I owe you the lives of my dear little lambs, and there is naught I may refuse you! But you must get me one hundred rations of meat, one pound apiece, and also one hundred loaves of bread, before we can set out on our journey to the Great Up-Above!"

Just exactly how Praslea ever managed to get together those enormous quantities of meat and bread, I can't for the life of me tell. But get them he did. Not the slightest doubt about that. It's a fact. And there is no quarrelling with facts. Praslea then, in less time than it takes me to tell you of it, got together one hundred rations of meat and one hundred loaves of bread, and when he had brought these supplies to the Giant Bird, she said to him:

"Now, dear stranger, climb up on to my back, and take the food along with you, and, mark you well! whenever I feel hungry, I'll turn my head, and you must feed me a chunk of meat and a loaf of bread, else it will go ill with you. Well, ready now?"

Atunci ei îl scoaseră din pană și îl arătară; iară ea, de bucurie, îl strânse în brațe și cât p-aci era să-l înghiță, dacă nu l-ar fi acoperit puii.

– Ce bine vrei să-ți fac și eu, pentru că mi-ai scăpat puii de moarte?

– Să mă scoți pe tărâmul celălalt, răspunse Prâslea.

– Greu lucru mi-ai cerut, îi zise zgripsoroaica; dară pentru că ție îți sunt datoare mântuirea puilor mei, mă învoiesc la asta. Pregătește 100 oca de carne făcută bucățele de câte o oca una, și 100 pâini.

Făcu ce făcu Prâslea, găti pâinile și carnea și le duse la gura groapei. Zgripsoroaica zise:

– Pune-te dasupra mea cu merinde cu tot și, de câte ori oi întoarce capul, să-mi dai câte o pâine și câte o bucată de carne.

And off she flew, up and up, and every time she felt hungry she turned her head, and he fed her a chunk of meat and a loafof bread. However, just as the Giant Bird was about on the point of rising to the surface of the earth, she turned her head and opened her beak once more, but alas! the meat had given out altogether! But what should Praslea do! Undaunted, he drew forth his sword and swish! off he sliced a piece of flesh from out of his own thigh and flung it into her great big beak! Then the Giant Bird shot swiftly upwards, and getting clear of the mouth of the cave, she finally alighted upon the earth, and Praslea crawled down from off her hack. But it was not long before she observed that he was quite unable to walk, and she said:

"I crave your pardon, dear stranger, but I must tell you that you have done a very rash and foolish thing indeed in feeding me with flesh from your own body. Well I knew what it was, for it had ever so sweet a taste, and but for the good turn you have done me in saving my blessed little children, I should surely have swallowed it up, and you would have been lame for the rest of your life."

Having said so, the Giant Bird forthwith cast the piece of flesh forth from out of her beak, where she had kept it all this time; and putting it hack again in its properplace, she spat upon it, and lo! in a twinkling Praslea's leg was whole again, and he could walk as well as he ever did before. That done, she embraced him and kissed him and bade him farewell. And then they went their several ways; the Giant Bird flew back again down into the cave, while gallant Praslea started off for home once more.

Se așezară și pornină, dându-i, de câte ori cerea, pâine și carne. Când era aproape, aproape să iasă deasupra, pasărea uriașă mai întoarse capul să-i mai dea demâncare; dară carnea se sfârșise. Atunci Prâslea, fără să-și piardă cumpătul, trase paloșul și-și tăie o bucată de carne moale din coapsa piciorului de sus și o dete zgripsoroaicei.

După ce ajunseră deasupra și văzu că Prâslea nu putea să îmble, îi zise zgripsoroaica:

— Dacă nu era binele ce mi-ai făcut și rugăciunea puilor mei, mai că te mâncam. Eu am simțit că carnea care mi-ai dat în urmă era mai dulce decât cea de mai înainte, și n-am înghițit-o; rău ai făcut de mi-ai dat-o.

Apoi o dete afară dintr-însa, i-o puse la loc, o unse cu scuipat de al său, și se lipi. Atunci se îmbrățișară, își mulțumiră unul alteia, și se despărțiră; ea se duse în prăpastia de unde ieșiseră și Prâslea plecă către împărăția tatălui său.

He wandered and he wandered and he wandered, and it took him a terribly long time to get back again to his own country. At length he reached the road that led to the city where dwelt his parents and his brothers, and as he had on but a common peasant garb, he quite naturally fell a-talking with some ordinary folk, who chanced to journey the same way. And from them he learned what had befallen during his long absence from home. They informed him that Praslea, the King's youngest son, had been killed by an accident, and that his father and mother had been stricken with sorrow and were even yet much grieved at heart over the untimely end of their beloved son. His two brothers had wedded the maidens Praslea had selected for them, even as he had bidden them. As for the youngest maiden, many, many very handsome princes had come a-wooing her, but never the least wee bit of a thought had she given them. But now Praslea's brothers had brought her a prince who was handsomer by far than any of the others, and they were doing their utmost to make her accept him, though folks could not tell exactly just how long she would yet he able to stand out against their efforts.

Now Praslea was terribly, terribly sad. He entered the city with a heavy heart indeed. And conversing with the town-people, he learned that the maiden that very day had told the King she would give her consent to marry the handsome prince that had been selected for her, but on one condition, namely that the King should get her a spinning-wheel that was made entirely out of gold and did the spinning all of itself. The giant, said she, had had one exactly like that made for her, and she had been ever so fond of it. The King had summoned the master of the goldsmiths' guild himself and commanded him to make and deliver the spinning-wheel the princess was asking for, and he had given him three weeks. And if the goldsmith failed to do so, he should be carried out of his house feet foremost. And the poor artisan had gone home very, very sad, weeping tears of sorrow and despair.

Plecând către orașul în care locuia părinții și frații săi, îmbrăcat fiind în haine proaste țărănești, întâlni niște drumeți și află de la dânșii că frații lui au luat de soții pe fetele care le-a trimis el, după cum le hotărâse însuși, că părinții lui erau foarte mâhniți de pieirea fiului lor celui mai mic, că fata cea mică e îmbrăcată în negru și-l jeleşte și că nu voiește a se mărita nici în ruptul capului, măcar că a pețit-o mai mulți fii de împărat; că acum, în cele din urmă, frații lui i-a adus un ginere prea frumos și că o silesc cu toții să-l ia și că nu se știe de va putea scăpa.

Prâslea, auzind de toate acestea, nu puțin s-a întristat în sufletul lui și, cu inima înfrântă, a intrat în oraș. Mai cercetând în sus și în jos, află că fata a zis împăratului că, dacă voiește să o mărite cu tânărul care i-l aduseră, să poruncească a-i face și a-i aduce la odoare o furcă cu caierul și fusul cu totul de aur și să toarcă singură, fiindcă așa îi făcuse și zmeul și asta îl plăcea mult. Mai află că împăratul chemase pe starostea de argintari și-i poruncise zicându-i: "Iată, de azi în trei săptămâni să-mi dai gata furca care o cere fata mea cea mică; că de unde nu, unde-ți stau picioarele, îți va sta și capul"; și bietul argintar se întoarse acasă trist și plângând.

Well, what should Praslea do but go and hire himself out as an apprentice to that very same identical goldsmith! Now the master, hard though he strove, did not succeed in making that spinning-wheel, such as it had been ordered, and the three weeks were all but over, and he was not the least wee bit anxious to be carried out of his house feet foremost, at any rate not quite so soon as that, and he was weeping and wailing, and moaning and groaning all the time. So Praslea said to him:

"Good master, you look so very sad and sorrowful, and maybe you haven't yet got the golden spinning-wheel ready which the King has ordered. Only three days more, and the time he gave you will be up, and you will fare pretty badly, I fear me. Now, suppose you let me try my hand at it!"

At this, the goldsmith was very wroth, and he chased Praslea away, crying:

"You! Well, I never! I have had all the masters of the world try, and they have failed utterly, and you would try! An ignoramus, a ragamuffin like you! Hence! And be quick about it too, or you shall get a good sound drubbing!" But Praslea, nothing afraid, said:

"Master, in three days from today you shall have the golden spinning-wheel, or you may do with me whatever you have a mind to."

Well, Praslea begged very hard, and at length the master yielded, and agreed to let him have a room all by himself to work in, and also to furnish him every evening with a small bag of hazel-nuts and a glass of good wine to boot. The goldsmith, however, was none the less worried, because, though he stood at the door all the time listening with all his ears, never could he hear aught but the sound of the cracking of the hazel-nuts upon the anvil. But on the third day, quite early in the morning, forth stepped Praslea from out of his room, and upon a golden tray stood the spinning-wheel, and was altogether out of gold and did the spinning all of itself!

Atunci Prâslea se duse de se băgă ucenic la argintar.

Prâslea, tot văzând pe stăpânu-său văitându-se fiindcă nu izbutise a face furca după porunceală, îi zise:

— Stăpâne, te văz trist că nu poți să faci furca ce ți-a poruncit împăratul, iată, mai sunt trei zile până să se împlinească sorocul ce ți-a dat; lasă-mă pe mine să o fac.

Argintarul îl goni, zicându-i:

— Atâți meșteri mari n-au putut să o facă, și tocmai un trențeros ca tine să o facă?

— Dacă nu-ți voi da furca de azi în trei zile, răspunse Prâslea, să-mi faci ce vei voi.

Atunci se învoiră a-i da o odaie să lucreze numai Prâslea singur, și pe fiecare noapte să-i dea câte o trăistuță de alune și câte un pahar de vin bun.

Argintarul îi ducea grija, fiindcă, ascultând pe la ușe, n-auzea alt decât cum spărgea la alune pe nicovală! Iară când fu a treia zi, el ieși dis-de-dimineață din odaie cu furca pe tavă, pe care o scosese din mărul zmeului, ce era la dânsul, și o dete argintarului ca să o ducă fetei împăratului.

And he gave it to the goldsmith that he might take it to the princess. Praslea, you see, had made the spinning-wheel with the aid of the giant's golden apple, which was the very one into which the golden palace in the Great-Underneath had changed when he had cracked the whip in its four corners.

The goldsmith was beside himself with joy, and he gave Praslea a suit of clothes; and when towards noon the King's servants came for him, he went with them to the palace and delivered all ready the spinning-wheel that was altogether out of gold and did the spinning all of itself. The King very much admired the beautiful masterpiece, and he gave the goldsmith two great big sacks of money. But the princess, the very moment she caught a glimpse of the spinning-wheel, felt as though a red-hot iron had pierced her heart through and through. She recognized it at once. It was just exactly like the one the giant had got for her, and she knew that only with the aid of his magic apple could another one just like it be made, and that Praslea was the owner of that apple. And she felt sure that her beloved sweetheart must now be back again up above upon the earth. And she cried to the King:

"Oh! How lovely! How beautiful! But, he who made this beautiful spinning-wheel should have no difficulty at all in making another such great masterpiece, and hold! I just happen to think of another perfectly lovely thing the giant had made for me! It was a hen that clucked, with little chicks that peeped, and the whole thing was made altogether out of gold!"

Once more the King sent for the goldsmith, and he commanded him to make the masterpiece, and he gave him three weeks; and if he failed, he should be carried out of his house feet foremost without any delay.

Argintarul nu mai putea de bucurie, şi-i făcu un rând de haine; iar pe la nămiez, când venise slujitorii împăratului ca să-l chele la palat, el se duse şi îi dete furca care torcea singură.

După ce împăratul se minună de frumuseţea ei, dete argintarului doi saci de bani.

Fata, cum văzu furca, îi trecu un fier ars prin inimă; ea cunoscu furca şi pricepu că Prâslea cel viteaz trebuie să fi ieşit deasupra pământului. Atunci zise împăratului:

— Tată, cine a făcut furca poate să-mi facă încă un lucru pe care mi l-a adus la odoare zmeul.

Iară împăratul chemă îndată pe argintar şi-i porunci să-i facă o closcă cu pui cu totul şi cu totul de aur, şi-i dete soroc de trei săptămâni, şi daca nu i-o face-o, unde îi stă picioarele îi va sta şi capul.

Well, our goldsmith was a very, very sad man indeed! In his mind's eye he could actually see himself carried out of his house feet foremost. Yet, when Praslea again offered his services, he had naught but scorn and contempt for him, and he even threatened to make him taste his strap; but Praslea begged so very, very hard that the master finally agreed to let him try, and before the three weeks were quite up, the masterpiece was done. When the goldsmith saw the clucking hen with the peeping chicks, the whole thing made altogether out of gold, he was overwhelmed with joy, but it was now quite clear to him that there must needs be some magic behind all that. He took the work to the King, who, having greatly admired the beauty and the delicacy of its craftsmanship, at once brought it to the princess and said:

"Well, my dear daughter, your wishes have been all fulfilled, and now it is high time you got ready for your wedding."

But the maiden cried: "None else but the owner of the giant's golden apple could have achieved these masterpieces! Command, I pray you, that he be brought hither!"

The goldsmith, having received the command, appeared before the King and besought him to withdraw the order, saying:

"Your Highness, how can I ever bring the master before you, if there is none! The maker of these masterpieces is naught but a common ordinary fellow, a ragged, dirty ne'er-do-well, one in no wise worthy of beholding the august countenance of Your Highness!"

However, the King commanded that he fetch the fellow anyhow, saying it did not matter a particle how the chap did look.

Well, the goldsmith gave Praslea a most thorough overhauling. He washed him and he cleaned him, and he dressed him up in brand-new clothes, and he took him to the King, who led him before the Princess.

Argintarul, ca și celălalt rând, se întoarse acasă trist; disprețui ca și întâia oară pe Prâslea, care îl întrebase și de astă dată; iară daca se înțeleseră la cuvinte, se învoiră și lucrul se și săvârși cu bine.

Când văzu argintarul cloșca cloncănind și puii piuind, cu totul și cu totul de aur și ciugulind mei tot de aur, înțelese că trebuie să fie lucru măiestru.

Argintarul luă cloșca, o duse la împăratul, iară împăratul, după ce se minună îndestul de frumusețea și gingășia lor, o duse fetei și-i zise:

— Iată, ți s-au împlinit toate voile; acum, fata mea, să te gătești de nuntă.

— Tată, îi mai zise fata, cine a făcut aste două lucruri trebuie să aibă și mărul de aur al zmeului; poruncește, rogu-te, argintarului să aducă pe meșterul care le-a făcut.

Primiind porunca asta, argintarul se înfățișă împăratului rugându-l să-l ierte și zicându-i:

— Cum o să aduc înaintea măriei-tale pe meșter, fiindcă este un om prost și trențăros și nu este vrednic să vază luminata față a măriei tale.

Împăratul porunci să-l aducă oricum ar fi.

Atunci argintarul, după ce puse de spălă pe Prâslea și-l curăți, îl îmbrăcă în niște haine noi și-l duse la împăratul; iară împăratul îl înfățișă fetei.

The very moment she saw him, she knew who it was, and she could not keep back the tears that welled up to her eyes for sheer joy, and she said to the King:

"Your Highness, this is the brave man who freed us from the power of the giants!" And she threw herself down on her knees before Praslea, and she covered both his hands with kisses and with tears. But the King, eyeing him more closely, also recognized him, for all that Praslea had changed a vast deal during his long, long stay from home, and he embraced and kissed him full a hundred times. But Praslea would not own who he was. However, moved at length by the entreaties of both his father and his mother, as well as by those of his sweetheart, who was still kneeling before him, he admitted that he was Praslea, the King's youngest son, who was thought to have perished long ago.

He then related to them all that had befallen him from first to last, and especially how he had succeeded in coming back again up above upon the face of the earth. And then he showed them the giant's magic golden apple, through the aid of which he had been able to accomplish such wondrous things.

The King, however, upon hearing of the foul treachery of his elder sons, was in a towering rage, and he had them summoned before him at once. But they, when they saw their brother whom they had attempted to murder, stand there right before them alive and unharmed, turned pale as death and began to quake like aspen-leaves with a great, great fear in their craven hearts. And the King asked Praslea what he thought should be the punishment for their cowardly crime. And this was what our hero said:

"Father dear, I bear them no grudge. Heaven shall punish them. Let the three of us go out upon the staircase of the palace, and from there let each shoot off an arrow tip into the air a straight above his head. And we shall see if there are any guilty ones amongst us."

Cum îl văzu fata, îl și cunoscu. Ea nu putu să-și ție lacrămile care o podidiseră, de bucurie mare ce avu, și zise împăratului:

— Tată, acesta este viteazul care ne-a scăpat din mâna zmeilor.

Și, dând în genunche, îi sărută mâinile și pe față și pe dos.

Luându-i seama bine împăratul, îl cunoscu și dânsul, măcar că foarte mult se schimbase. Îl îmbrățișă și-l sărută de sute de ori. Dar el tăgăduia.

În cele mai din urmă, inima lui înduioșită de rugăciunile tatălui său, ale mamei sale și ale fetei care rămăsese în genunche rugându-l mărturisi că în adevăr el este fiul lor cel mai mic.

Prâslea le povesti apoi toată istoria sa, le spuse și cum a ieșit dasupra pământului și le arătă și mărul de aur al zmeului.

Atunci împăratul, supărat, chemă pe feciorii lui cei mai mari; dar ei, cum văzură pe Prâslea, o sfecliră. Iară împăratul întrebă pe Prâslea cum să-i pedepsească. Viteazul nostru zise:

— Tată, eu îi iert și pedeapsa să o ia de la Dumnezeu. Noi vom ieși la scara palatului și vom arunca fiecare câte o săgeată în sus și Dumnezeu, daca vom fi cineva greșiți, ne va pedepsi.

And they did so. Out upon the flight of stairs before the palace went Praslea with his brothers. Off flew their arrows into the air, away, way up, and straight over their heads. And down they came again. But, the arrows of the two elder brothers fell squarely upon their heads, piercing them through and through, while Praslea's landed on the ground right before his feet point downwards, and there it stuck fast.

Well, after the two traitors had been laid away in their graves, Praslea married the lassie of his heart's desire, and a tremendous wedding was held. And the whole people rejoiced and made merry. At length, Heaven had brought back again safe and sound their gallant Prince. And right proud, too, were they of him, because of the doughty deeds he had done, and they gloried in them, and they spoke of them to their children and their children's children.

And after his father's death, Gallant Praslea came to the throne of the realm, and he is still ruling even this very day for aught I know.

Așa făcură. Ieșiră câte trei frații în curte, dinaintea palatului, aruncară săgețile în sus și, când căzură, ale fraților celor mai mari le căzură drept în creștetul capului și-i omorâră, dar a celui mai mic îi căzu dinainte.

Iară dacă îngropară pe frații cei mai mari, făcură nuntă mare și Prâslea luă pe fata cea mică. Toată împărăția s-a bucurat că le-a adus Dumnezeu sănătos pe fiul cel mai mic al împăratului și se mândrea, fălindu-se, de vitejiile ce făcuse el; iară după moartea tătâne-său se sui el în scaunul împărăției, și împărăți în pace de atunci și până în ziua de astăzi, de or fi trăind.

Trecui și eu pe acolo și stătui de mă veselii la nuntă, de unde luai

O bucată de batoc,

Ș-un picior de iepure șchiop,

și încălecai p-o șea, și v-o spusei dumneavoastră așa.

THE QUEEN OF THE FAIRIES
Zâna Zânelor

There was once a great and mighty King who had three sons, and he was much worried about them because they were still unmarried. One day very early in the morning, he had them called in, and having ordered them to bring their bows and arrows along, he climbed up with them to the top of a tall tower that stood in the palace-garden, and he cried: "Ready, boys! Shoot! And wheresoever your arrows fall, you will find your luck!"

The lads were quite glad to do as they were bidden, for they were well aware that their father always knew what was best for them. Off flew the three arrows. Now mark you what happened. The arrow of the eldest son went and struck the palace of a King, who was a neighbor of theirs. The arrow of the second son hit the mansion of a great lord. But the arrow of the youngest son flew very, very far, and it fell down upon the top of a tall tree which stood in a great forest miles and miles away from the tower.

Off went the eldest son, and he wooed the King's daughter and brought her back home with him.

Off went the second son, and he wooed the daughter of the great lord and returned home with her.

Off went the King's youngest son also, to find the maiden that was fated to be his. He travelled and he travelled until he finally got to the forest, and having searched in every nook and corner he came at length upon the tree on which his arrow had alighted. It was an enormous tree, and it had stood there ever since the beginning of creation. Full of joy and hope, he began to climb up on the trunk of the tree, and he climbed and climbed until he finally reached a great big bough, and putting forth his whole strength, he drew himself up on to it. And then clambering from branch to branch, he worked his way up ever higher and higher until at last, weary and out of breath, he got to the top of the tree. There, sure enough, he saw his arrow. He was beside himself with joy. Rising on tip-toe and reaching out his arm he seized it, and he pulled it from out of the branch where it had stuck fast.

A fost odată ca niciodată etc.

A fost odată un împărat mare și puternic, și el avea trei feciori. Făcându-se mari, împăratul se gândi fel și chipuri cum să facă să-și însoare copiii ca să fie fericiți. Într-o noapte, nu știu ce visă împăratul, că a doua zi, de mânecate, își chemă copiii și se urcă cu dânșii în pălimarul unui turn ce avea în grădină. Porunci să-și ia fiecare arcul și câte o săgeată.

– Trageți, copii, cu arcul, le zise împăratul, și unde va cădea săgeata fiecăruia, acolo îi va fi norocul.

Copiii se supuseră fără a cârti câtuși de puțin, căci ei erau încredințați că tatăl lor știa ce spune. Traseră, deci, și săgeata celui mai mare din fii se înfipse în casa unui împărat vecin; a celui de al doilea se înfipse în casa unui boier mare d-ai împăratului; iară săgeata celui mai mic se urcă în naltul cerului. Li se strâmbaseră gâturile uitându-se după dânsa, și p-aci, p-aci, era să o piarză din ochi. Când, o văzură coborându-se și se înfipse într-un copaci nalt dintr-o pădure mare.

Se duse fiul cel mare, își luă soție pe fata împăratului vecin, și se întoarse cu dânsa la tatăl său.

Se duse și cel mijlociu și se întoarse și el cu o soțioară mândră și frumoasă.

Se duse și cel mic. Cutreieră lumea până ce ajunse la pădurea cea mare unde se lăsase săgeata lui. Bâjbâi el și orbăcăi p-acolo prin bunget, până ce dete de copaciul în care se înfipsese și săgeata lui. Acest copaci era nalt și gros și bătrân, de când urzise Dumnezeu pământul. Se încovrigă el de dânsul, și se urcă până ce ajunse de se agăță de o ramură. Și din ramură în ramură, când atârnat cu mâinile, când cu picioarele încrucișate și înclește, ajunse până în vârf. Acolo puse mâna și-și luă săgeata. Se dete jos cu sufletul plin de obidă și de mâhnire, socotind că este sec de noroc, căci, se gândea el, ca ce era să găsească în acel copaci?

Then he looked about him, expecting to see his maiden somewhere in the tree, but there was no one there. He searched high and low, but never a maiden did he find! Well, what could the poor fellow do but climb down again? And he did so. But he was very sad, and sorely disappointed. He had travelled far and wide and he had endured all kinds of hardships, and he had found his arrow again; but naught else, the more's the pity. And worse yet was to come, alas and alack! For no sooner was he down on the ground again than he felt somthing clinging fast to his back! Just fancy, it was an owl, a nasty owl, which had jumped down on him from off the tree and was holding on to his back wth might and main! Well, well!

Now, what could the poor lad do? He jumped up and down, and he wiggled and he wriggled, and he twiched and he twisted every which way, but it was absolutely of no use at all; the deuced bird stuck to him with its strong claws, and do what he might, it just would not let go, it clung to him desperately. Again and again he shook himself, and he did all he could possibly do, but it was of no avail, the owl would not get down from off his back!

At last, realizing that there was positively no help for it, he resigned himself to his fate, and he had started going back home with the horrid bird upon his shoulders, when, worse luck! he noticed that six more owls were clinging fast to him! On and on he trudged with the one owl clutching to his back for dear life, while the other six horrid birds were hanging on to him arms and legs. Well, a fine fix our good friend was in! He had set forth to get himself a beautiful bride, and now he was returning home with seven nasty old owls clinging fast to his back and to his limbs!

Nu-i fu destul că nu-și aflase acolo pe scrisa lui, nu-i fu destul că făcuse atâta cale în deșert, se mai pomeni, când vru să plece de lângă copaci, că se agață de spinarea lui o bufniță. Hâț în sus, hâț în jos, bufnița să se ducă din spinarea lui, ba. Îl înhățase, drăcoaica, cu ghiarele, ca o gaiță spurcată, și nu-l slăbea nici cât ai da în cremene.

Mai se suci, mai se învârti să scape de pacoste, și nu fu nici un chip. Daca văzu și văzu, se hotărî și el a se duce acasă cu saxanaua în spinare și o luă la drum. În cale, băgă de seamă că alte șase bufnițe se țineau după dânsul. Merse el, biet, cu alaiul după dânsul, și potrivi ca să ajungă acasă noaptea, spre a nu se face de râsul dracilor de copii.

But he travelled by night only, hiding in the woods in the daytime; and he contrived, moreover, to enter the capital long after sunset, when it was pitch dark. Because, more than anything else, he dreaded the jibes and jeers of wayfarers and townsfolk and, worse yet, the cruel pranks of mischievous street urchins. It was well along towards midnight when he finally stole into the King's palace, owls and all!

When, at length, he found himself in his apartment, the owl climbed down from off his back and sat down on the bed, making itself quite at home, while the other six owls seated themselves wherever they blankety-blank pleased!

Well, the poor lad was in a pretty bad plight, wasn't he? What on earth was he to do with seven owls on his hands in his room? He pondered and pondered, and he racked his brain, but never the least wee bit of an idea could he find! So he decided to let well enough alone, at least for the time being, and just wait and see what would happen. At any rate, he was now feeling much better, because that nuisance of an owl had at last got down from off his back; and a fine riddance it was too, you may be sure of that! Moreover, he was now quite safe in his room, nobody had noticed him, and he had escaped the mockery of the street-Arabs or other such-like malicious gentry! And that certainly was something to be thankful for!

Having then resolved to let matters rest, our hero decided to go to bed, and he did so without further delay. And he was so weary and worn that he fell fast asleep the very moment his head touched the pillow; and so sound was his slumber throughout the entire night, you could not have roused him, had you hit him with a club.

Cum intră în cămara unde locuia dânsul în palaturile tătâne-său, cele șase bufnițe se așezară careși pe unde; iar cea d-a șaptea bufniță, care se încleștase de spinarea lui, se așeză în pat.

Mai stătu, bietul flăcău, se mai socoti, se mai gândi, mai plănui, și în cele din urmă găsi cu cale să le lase în pace, să vază unde are să iasă această întâmplare. Mai cu seamă că acum se cotorosise de saxanaua din spinare.

Și cum era și rupt de osteneală de atâta călătorie și de atâta tevatură ce avu pe drum, adormi, cum puse capul jos, de parcă l-ai fi lovit cu mechea în cap.

But when he finally woke, rather late in the morning, what should he see? Why, a beautiful fairy sitting on the bed! And so beautiful, so very beautiful was she, that you yourself would have been struck dumb with amazement, had you but seen her! And seated at the head of the bed and at the foot as well, there were six fairies, each more beautiful than the other! She was the Queen of the Fairies, and they were her maids. But what else should he see? Why, seven disgusting owl-skins piled up in a heap on top of one another away off in a far corner of his room! Heavens, how he did loathe and detest those ugly skins! Of course, no one but the Prince knew aught of what had befallen, and the presence of the fairies in the palace remained a dark secret to all the world except to himself.

The day finally arrived for the King's eldest son to be married, and naturally the Prince went to his brother's wedding; but the Fairy Queen and her maids did not go along with him. However, at the wedding, Heaven only knows how, they were suddenly in the dance; and she, the Fairy Queen, was dancing right next to the Prince, holding him by the hand. He was beside himself with joy and surprise. And full proud too was he of her, for her equal was not to be found throughout the whole kingdom nor, if truth be told, in any other kingdom upon the wide, wide face of the earth. His father and his mother were lost in amazement over the heavenly beauty of the Fairy Queen, and they were wondering whether their youngest son also had brought himself home a bride. The guests kept gazing upon the beauteous Fairy, the princes and the lords of the realm devoting themselves to her maids and doing all they possibly could to be at their side in the dance. Well, they all enjoyed themselves immensely, and when finally supper was served, before the Prince knew how it happened, behold! the Fairy was seated at table right beside him! There was much rejoicing and merrymaking until the wee hours of the morning, when finally they all retired to their rooms to rest themselves.

A doua zi, ce să-i vază ochii? Lângă dânsul în pat, o zână aşa de frumoasă, de amuţea şi nu ştiu cine când o vedea; iară la capetele patului lor şase roabe, una mai frumoasă decât alta. Mai văzu, într-un colţ al cămărei, şapte piei de bufniţe, aruncate una peste alta.

Se miră tată-său, se miră mumă-sa de aşa frumuseţe şi gingăşie, ce nu mai văzuseră de când erau ei.

Ziua de nuntă a fratelui celui mai mare viind, se duse şi fiul ce mic la împăratul, însă singur, căci nu putea să ia şi pe zână, măcar că era să-i fie logodnică. Când, se pomeni cu dânsa că se prinde în horă lângă dânsul. Nu mai putea de bucurie, când o văzu. Se fălea, nene, cât un lucru mare, căci alta ca dânsa nu se găsea în toată împărăţia lor şi a vecinilor. Toţi nuntaşii rămaseră cu ochii bleojdiţi la dânsa. Iar ceilalţi fii de împăraţi şi domni cari erau poftiţi la nuntă dedeau târcoale roabelor ce venise cu zâna, şi care de care umbla să se prinză în horă lângă dânsele. Şi astfel se veseliră până seara. La masă, zâna se aşeză lângă fiul cel mic al împăratului. Mâncară şi se chefuiră până la miezul nopţii. Apoi se duseră fiecare la ale sale. Fiul cel mic al împăratului se duse în cămara lui. Zâna după dânsul.

The Prince felt exceedingly happy; and he slept very soundly—as soundly, in fact, as only royal princes can sleep; but when upon waking he caught a glimpse of those odious owl-skins again, in the far-off corner of the room, he was filled with unspeakable disgust. Good gracious! how he did loathe and abominate those repulsive skins! And, too, he stood in constant fear that his beloved Fairy might one fine day take it into her head to become a horrid, horrid old owl once more!

Meanwhile the day set for the marriage of the King's second son had arrived; and, as before, the Prince went to the wedding all alone. But once more the fairies suddenly made their appearance, and before the Prince knew how it all came about, behold! the Fairy Queen again was in the dance, and right beside him too. He was overjoyed; and right proud too was he of her. The royal princes, and the great lords as well, all envied him his good fortune, and they would very much have liked to have a dance with the Fairy; but she gave no heed to them at all, and so they danced with her maids. As goes the old saying, if you can't have the strawberries, you've got to eat the leaves. Anyhow, they all had the time of their life, and when evening came on and supper was served, the Fairy Queen, nobody could tell exactly how, again was seated right beside the Prince.

They were all rejoicing and making merry when suddenly a most unfortunate idea flashed through the Prince's mind. Rising quickly, he rushed up to his room, and he seized the seven horrid owl-skins and cast them bodily into the fire! That done, he returned and resumed his seat at table beside the Fairy Queen. But no sooner had he done so than one of the Fairy's maids, starting in her seat, cried out, "Mistress! We are in great danger!" And then another maid shrieked at the top of her voice, "Mistress! Mistress! I smell something burning! We are lost!"

Se culcară și dormiră ca niște împărați ce erau ei. Când se sculă dimineața și văzu pieile de bufniță tot acolo, îl apucă un cutremur de scârbă, aducându-și aminte de cele ce pățise de la dânsele.

Se făcu și nunta fiului de al doilea al împăratului. Fiul cel mic se duse la nuntă iarăși singur, și iară se pomeni cu zâna că vine, și nici una, nici alta, țop! se prinse lângă dânsul în horă. Creștea inima într-însul de bucurie și de fală, mai cu seamă când vedea pe ceilalți fii de împărați și de domni că le lăsa gura apă la toți după o așa bucățică. Ei, vorba ăluia, în pofida căpșunelor, mâncau foile. Își scoteau și ei focul jucând în horă cu roabele zânei. Seara iară se puseră la masă.

Fiului celui mic al împăratului, ce-i dă lui dracul în gând, se scoală de la masă, se duce în cămara lui, ia pieile de bufniță și le aruncă în foc, apoi vine și se așează la masă din nou.

O dată se făcu o tulburare între mese. Și iată de ce. Una din roabe strigă:

– Stăpână, suntem în primejdie!

Alta zise:

– Stăpână, mie îmi miroase a pârlit! Este prăpădenie de noi.

But the Fairy Queen was very angry and she rebuked them, saying: "Hold your tongues, girls! You are talking nonsense!" But it was not very long before still another maid, rising terror-stricken from her seat, cried out, "Mistress! Mistress! We have been betrayed! It is all over with us!"

But now the Fairy Queen herself began to turn up her pretty little nose, sniffing the air. Sure enough, she too had noticed the horrid smell of the singed owl-skins. She leaped to her feet wildly, uttering a fearful cry. There was a perfectly awful stir and commotion among the guests, and the Fairy Queen, beside herself with wrath, cried to the Prince:

"Ah, ungrateful man, how could you deceive me so! You shall pay dearly for your treachery! Never, never shall you see me again! Unless you accomplish what no man on earth has as yet been able to accomplish! Farewell, for ever and ever!" And instantly the Fairy Queen together with her maids turned into doves, and prrrt! off they flew! And away, way up in the sky they soared, ever higher and higher, until at length they vanished utterly from sight.

Of a truth, the Prince felt very, very unhappy. His parents and his brothers begged and begged him not to yield to his grief, and the guests, gathering around him, entreated him to bide with them at the table. But it was all in vain. He stood as though riveted to the ground, and kept staring at the sky until long, long after the doves had disappeared from his ken altogether.

Next morning at break of day the Prince was all ready to set out in search of his beloved bride. Only too well did he realize that he could not possibly live without her. He took leave from his parents and from his brothers, and from his kinsfolk and friends as well, and then sallied forth on his quest.

Iară ea răspunse:

– Tacă-vă gura, tocmai acum la masă v-ați găsit și voi să vorbiți secături?

Nu trecu însă mult și mai zise și a treia:

– Stăpână! nu e scăpare, suntem vândute mișelește.

În aceeași vreme, și dânsa strâmbă nițel din nas. Pasămite îi venise și ei miros de pârleala pieilor. Și deodată sculându-se cu toatele de la masă, se făcură șapte porumbei. Apoi zâna zise fiului celui mic de împărat:

– Ai fost nerecunoscător. Cu bine te-am găsit, cu bine să rămâi. Până nu vei izbuti să faci ce n-a făcut om pe lume, să nu dai cu mâna de mine.

Se înălțară, deci, în slava cerului și îndată pieriră din ochii lui.

În deșert mai rugară mesenii pe fiul împăratului să șează la masă, în deșert îl îndemnară părinții să nu-și mai facă inimă rea, căci el rămăsese cu ochii după porumbei și nu se mai puse la masă.

A doua zi până în zori plecă să-și găsească logodnica. El simțea bine acum că fără dânsa nu mai putea trăi. Își luă ziua bună de la părinți și de la frați și o porni în pribegie.

Over hill and dale, and over mountains and valleys he travelled and he travelled and he travelled. Across great forests, dense and dark, and untrodden by man's foot he wandered and he wandered. Through deep bogs and swamps he waded, and swift streams did he ford, and great big rivers he swam. He roamed about all over the world, even like a ravenous dragon or a famished lion. But all to no purpose, never the slightest trace of the doves! His yearning for his bride grew ever stronger and stronger, and his heart was weighed down with bitter sorrow. And oftentimes the thought came to him to make an end of it all and to do away with himself—to leap into an abyss or dash his brains out upon the sharp corner of a boulder. But always he felt that his troubles would soon be over with and he would start out again upon his wanderings with greater zeal than before, ever firm in his faith that if he but kept right on and on, steady and tireless, he must finally reach the goal which he had set for himself.

At length, weary—oh! so very, very weary! —and worn to death, he sought out for himself a quiet shady nook in a pretty little dale, where he might lie down and rest himself a little while. And as he lay there, gentle sleep stole upon him. But all at once he was roused from his slumber by a noise like that of violent quarrelling, and he sprang to his feet, startled.

But what should he see? Three little devils, tremendously excited and howling furiously at one another! Our hero, thrusting out his chest and putting on a bold countenance, took a few steps forward and cried out to them mockingly:

"My friends! A quarrel without blows is even like a wedding without a fiddler!"

But they shouted back: "Quarrelling? Call this quarrelling? Guess again! Just having a few words, sir!"

"Is that so! Having a few words! Why, brothers, you are making a racket to wake the very dead from their sleep! But, anyway, what is it you are having words about, pray?"

Trecu dealuri, văi, colnice, străbătu păduri întunecate și de picior neumblate, dete prin smârcuri și lacoviște, și de urma porumbeilor săi nu putu da. Se frământa cu firea voinicul, cerceta, căuta, întreba; dară nici o ispravă nu-mi făcea. Cu inima înfrântă, cu sufletul zdrobit de mâhnire, și cu dogorul dragostei într-însul, umbla ca un zmeu și ca un leu paraleu, dară toate în deșert. Uneori îl bătea gândurile să-și facă seama singur, să se dea de râpă, ori să-și sfărame capul de colții de piatră de prin munți; dară parcă îi spunea inima că odată, odată, o să se sfârșească toate necazurile sale, și deodată își venea în sine, și se punea din nou pe drum, mai cu hărnicie și mai tare în credință că cine caută cu amăruntul și cu stăruință trebuie să găsească și gândul să și-l izbândească.

Rupt de oboseală și de zdruncinare, se dete nițel la umbră într-o vâlcea, să se mai odihnească oleacă. Și stând el acolo, îl fură somnul. Deodată se deșteptă, auzind o gârâială de graiuri omenești, și sări drept în sus. Ce să vezi dumneata? Trei draci se certau de făceau clăbuc la gură. Se duse la dânșii cu pieptul înainte și le zise:

— Cearta fără păruială, ca nunta fără lăutari.

— Se lovi ca nuca în perete și vorba ta, iacă, răspunseră ei. Dară noi nu ne certăm, ci numai ne sfădim.

— Și pentru ce vă sfădiți voi? îi întrebă el; căci gălăgia ce faceți voi, mort d-ar fi cineva și tot îl deșteptați.

"Well, sir, our father has left us a pair of sandals and a cap and a whip, and we're trying to dcide who should get which."

"Well, hardly worth while arguing about such trifles, is it?"

"Trifles, eh! With these sandals on your feet, you can cross the sea just exactly as on dry land. And the cap makes you invisible. When you have it on, why, the Evil One himself couldn't see you, even though you were to thrust your fingers into his face. And the whip there—crack it thrice over a man, and he turns into stone."

"Well, I see now! Right you are in disputing over them! Sure enough, one without the other is not worth a frozen onion! Now fellows, you just listen to me, and I'll tell you what to do!"

"All right!" yelled the demons all together. "Let's hear what he's got to say! Speak out, sir!"

"Well, you see that mountain yonder, right ahead of us? When I say the word, you run as fast as ever you can, and he who reaches the top of the mountain first shall get the sandals and the cap and the whip. The best man wins! Is that right?"

"Fine! Fine! Great! We'll do even as you say! He knows what's what! He'll settle our case on the square."

And so it was done. The Prince gave the signal, and instantly the three demons darted off furiously, making straight for the mountain. Meanwhile, our lad quickly slipped the sandals on his feet, clapped the cap to his head, and grasped the whip; and as the three little devils were toiling up the side of the mountain panting for breath, the Prince swung the whip in the air and lustily cracked it thrice in the direction of each devil, and lo and behold! they were turned into stone at once, on the same identical spot where they found themselves at the instant the whip was snapped for the third and last time. That done, our hero sallied forth again upon his search, driven on and on by his great yearning for the beautiful Queen of the Fairies.

– Uite, avem de moştenire, de la tata, o pereche de opinci, o căciulă şi un bici, şi nu ne învoim între noi, care ce să ia din ele.

– Şi la ce sunt bune bulendrele pe care vă sfădiţi voi?

– Când se încalţă cineva cu opincile, trece marea ca pe uscat. Când pune căciula în cap, nu-l vede nici dracul, măcar de i-ar da cu degetul în ochi. Iară când va avea biciul în mână şi va trosni asupra vrăjmaşilor săi, îi împietreşte.

– Aveţi dreptate să vă sfădiţi voi, mă. Căci una fără alta, aceste bulendre nu fac nici două cepe degerate. Iacă ce-mi zice mie gândul, de veţi voi să mă ascultaţi, să vă fac cu dreptate omenească.

– Te ascultăm, te ascultăm, răspunseră dracii într-o glăsuire, spune-ne cum, şi vom vedea.

– Vedeţi voi cei trei munţi ce stau în faţa noastră? Să vă duceţi fiecare în câte unul, şi cine va veni mai curând, după ce vă voi face eu semn, ale lui să fie toate astea.

– Că bine zici d-ta! Aşa vom face. Bravo! iacă ne-am găsit omul carele să ne facă dreptate.

Şi îndată o rupseră d-a fuga dracii, tulind-o înspre câte un munte.

Până una, alta, voinicul puse opincile în picioare, căciula în cap şi luă biciul în mână. Când ajunseră dracii în vârfurile munţilor şi aşteptară să le facă semnul, fiul cel mic al împăratului trăsni de trei ori cu biciul în faţa fiecărui drac, şi îi împietri acolo locului. Apoi o luă şi el la drum în treaba lui, unde îl trăgea dorul.

But hardly had he taken ten steps or so when he perceived away, way up in the sky a flight of seven doves. He followed them with his eyes until he thought he saw them descend on the peak of a lofty mountain, far, far off. Straightway he started out again as fast as ever he could, with the mountain-top as the goal of his heart's desire.

With the aid of the magic sandals he now crossed rivers and lakes and seas just exactly as if they had been dry land. And he wandered over distant countries and vast wildernesses until he reached at last a gigantic mountain, whose towering snowclad summit pierced through the very clouds. This was the mountain on which he had seen the doves alight. Up and up he climbed, leaping from crag to crag, and over across deep and wide ravines. Now he walked upon the narrow ledges jutting forth from out of the granite rock, now he crawled on all fours along the razor-thin crests of ridges or along the brink of sheer precipices. At last, at last, he came upon a great deep cavern, and within he beheld with amazement countless lordly palaces, altogether out of gold and marble and most wonderfully built, the like of which he had never before seen anywhere up above upon the earth! Just fancy, he was in Fairyland! And his beloved bride, the Queen of the Fairies, had her abode there! She was just then strolling about in the garden together with her maids, and the very instant he caught sight of her, he knew her. And a lovely little boy was skipping about hither and thither amongst the pretty little flowers, and he kept calling to the Fairy to look at the beautiful butterflies which he was trying to capture.

At sight of the Fairy Queen and his beautiful child, the Prince was well-nigh overcome with joy. He was seized with a mad longing to embrace and kiss them; but he did not do so, for he feared they would be frightened by his sudden appearance; and he kept his magic cap on, which made him invisible to them.

Abia mai făcu vro zece pași și văzu pe sus un stol de șapte porumbei. Îi urmări din ochi până ce îi văzu în ce parte de loc se lăsară. Într-acolo deci și dânsul își îndreptă cărările pentru care se ostenise atâta mare de vreme.

Trecu mări, pâraie și ape mari ca pe uscat, mai cutreieră țări și pustiuri, până ce ajunse la un munte mare, mare, al cărui vârf da de nori. Aci văzuse el că se lăsase porumbeii. Se puse a se urca pe dânsul, și, din văgăună în văgăună, din stei de piatră în colți, din râpă în râpă, cățărându-se când pe muchi, când pe coame de munți, ajunse la o peșteră. Intrând acolo, rămase ca lovit de trăsnet când văzu niște palaturi ca de domn și așa de măiestrit lucrate, cum nu se văd pe pământul nostru. Acolo locuia logodnica lui, zâna zânelor. Cum o văzu primblându-se prin grădină cu roabele după dânsa, o și cunoscu. Un copilaș de drăguleț se ținea după zână, alerga, se zbenguia printre flori, și tot striga pe zâna ca să-i arate câte un fluturel. Pasămite zâna rămăsese grea când zburase de la masă. Și acesta era copilul lor.

Nu mai putea de bucurie fiul cel mic al împăratului. Îi venea să dea fuga, ca un dezmetic, să ia copilașul să-l sărute. Dară își luă seama, nu care cumva să se sperie. Pe dânsul nu-l vedea nimeni, căci era cu căciula în cap.

Night was falling and it was getting dark, and he knew not how to make himself known to them. At length, the Fairy Queen being called to supper, he followed her to the hall and sat down at table between her and the little boy, but he remained unseen by them because of the cap he was wearing. And he fell to and ate like a famished wolf, for it was long since he had tasted cooked food, and he was very, very hungry. The Fairy was astonished, she knew not what was becoming of all the food; and she ordered more food to be brought, but it disappeared even as fast as it was served.

Meanwhile the Prince had raised his cap just the least little bit, on the side of his head that was next to the child, who, catching a glimpse of him, suddenly cried out:

"Oh mother! Papa is here!"

"Impossible, sweet darling," she said, "father would first have to do things that no man has ever been able to do!"

On hearing this, the Prince quickly pulled his cap down over his eyes, and he fell to eating like one from whom ravenous wolves are trying to snatch his food away, and he devoured everything that was in sight. The Fairy was dumfounded, for she knew not what to make of it, and she had more food set upon the table, so that there might be enough for herself and for her maids.

However, raising his cap just the merest trifle, the Prince once more made himself visible to the child, and he was overwhelmed with joy when he saw that he was recognized by him. And, as before, the little boy cried that he could see his father, but the Fairy would not believe him, for she was well aware that no human being had ever been able to reach her abode in the far-off Land of the Fairies. But meanwhile the Prince had quickly pulled his cap down, and the child was silent again.

Începu a da înde seară, și el nu știa cum să se arate. În cele din urmă auzind că poftește la masă pe zâna, se duse și el și se așeză între dânsa și între copilașul lor. Aduseră bucate. El mânca ca un lup flămând, căci nu mai ținea minte de când nu mâncase el legumă fiartă. Zâna se mira cum de se sfârșește bucatele așa de iute. Porunci de mai aduse. Dară și acele se fituiră într-o clipă.

Între acestea, el ridicându-și nițel căciula dinstre partea copilului, acesta îl zări și odată strigă:

– Uite tata, mamă!

– Tată-tău, dragul meu, nu va da peste noi până nu va săvârși o faptă năzdrăvană, răspunse mă-sa.

El își trase iute, iute, căciula pe ochi și începu iarăși a mânca, de părea că se bat lupii la gura lui. După ce sfârși și aceste bucate, zâna, coprinsă de mirare, porunci să se mai aducă, ca să fie din destul.

Fiul împăratului se mai arătă copilașului încă o dată, plin de bucurie că fiul său îl cunoscu.

Copilul iarăși spuse mă-si; și aceasta iarăși îl ținu de rău, vezi că nu-i venea ei a crede să fi făcut bărbatu-său niscai fapte minunate, prin care să poată ajunge la dânsa. Ea știa că pe acolo nici pasăre măiastră nu calcă. Copilul tăcu, căci tată-său își trăsese căciula pe ochi numaidecât.

In the meantime, the food had all vanished from the table once more. Still more food was served, and our good friend ate and ate and ate, but he never seemed to have his fill. Finally, there was no more food left in the house, and the Fairy was beginning to grow alarmed when she realized that her maids would go hungry. But just then the child, clapping his little hands with joy, cried out in great excitement:

"I say, mother, daddy is here!"

"You are dreaming, child! I don't see anybody!"

"I am not dreaming at all! Look, look! He is right here beside me! Look, look! He is taking me in his arms!"

At this, the Fairy Queen was terribly frightened. She believed that her dear boy was bewitched and that he was seeing things, and she well-nigh fainted away with fear. Then the Prince thought it was high time to make himself visible to her, and removing his magic cap, he cried:

"Yes, dearest, the child is right! it is daddy! At last I am with you again, sweetheart! But before I tell you how I have found you, I must tell you why I burned those owl skins. I loathed and hated those skins from the very bottom of my soul! The mere sight of them drove me mad! And then, too, I was in hopes that if I burned them up, I should set you free from the awful spell that was laid upon you. And you see, darling, I was not very far wrong, for things have turned out well after all."

But the Fairy Queen replied: "Well, dearest, I suppose it was fated that we should both suffer. Let us forgive and forget. But do tell me, sweetheart, how did you ever manage to reach this part of the world?"

Mai mâncă până ce se isprăvi și aceste bucate. Mânca, nene, și nu se mai sătura. Nemaiavând ce să mai aducă la masă, zâna începu a cârti că nu mai rămăsese și pentru roabe. Când iată copilul că strigă iarăși:

— Mamă! zău că este tata.

— Dară unde este, mă? ce tot aiurezi tu?

— Ba nici aiureală, nici nimic. Uite-l, este colea lângă mine, uite-l, mă ia în brațe.

Se sperie zâna când auzi. Dară el nu o lăsă până în cele din urmă fără să se arate, ca să nu-i vie ceva rău. Și luându-și căciula din cap, zise:

— Iată-mă și eu. Tu n-ai vrut să crezi pe fiul nostru când ți-a spus că m-a văzut. Eu n-am știut ce să crez când am văzut scârboasele alea de piei, ci am socotit că fac bine, dându-le focului, ca să vă scap pe voi de ele.

— Așa am fost noi ursiți să pătimim, răspunse zâna. Lasă acum cele trecute uitării, și spune-mi cum ai izbutit de ai ajuns până aici.

Well, he related to her from first to last what had happened to him, and all he had endured for her sake. Then he embraced and kissed his beautiful wife and his pretty little boy. And they were very, very happy, and they stayed on in Fairyland. But ere long the Prince began to yearn for his folks, and he begged the Fairy Queen to go with him to Man's-Land, and she said she would.

And so he went back home again, taking his wife and child along with him. And the King when he saw them was overwhelmed with joy, and he gave such a magnificent feast in their honor that folks everywhere are talking about it even to this very day.

But as the King was now growing to be a very old man, the lords of the realm, together with the people, elected the Prince to succeed him to the throne, for he had shown himself to be a wise and righteous and gallant youth forsooth.

And the new King and his Queen lived and ruled in peace and happiness, a very, very long time, and their names will be remembered the wide world over for ever and ever and a day.

Şi după ce-şi povesti toate întâmplările, şi tot ce păţi, se îmbrăţişară, sărută copilul şi rămase acolo cu toţi. El stărui de dânsa să iasă la lume, şi ea îl ascultă. Se întoarseră deci cu toţii la împăratul, tatăl voinicului, şi acolo făcu o nuntă de se duse vestea în lume.

Împăratul acela îmbătrânind, toată boierimea şi tot poporul aleseră pe fiul său cel mai mic de împărat, pentru că era român verde, întreg la minte şi drept la judecată; şi trăiră şi împărăţiră în fericire, de le rămase numele de pomenire în vecii vecilor.

Iară eu încălecai p-o şea etc.

LAD-HANDSOME WITH THE GOLDEN HAIR
Făt-Frumos cu părul de aur

In the days of the long ago there was an old hermit; he was very, very poor, and he lived all alone in his hut, in a great big forest. The wild beasts were all the neighbors he had, and when they met him—just fancy!—they would always bow respectfully, because he was such a good and pious old man.

One morning, while strolling along the river, which flowed past not very far from his hut, he saw a small wooden box floating down with the current; and it seemed to him he heard a low wailing moan come forth from out of the box. He pondered just for a little while, and then offering a short prayer, he waded into the water clean up to his neck, and with the aid of a pole he pulled the box ashore, and he opened it. And what should he see in the box? Why, a tiny, wee little baby boy, only about two months old, crying bitterly! But the very moment the hermit took him from out of the box into his arms, the poor little baby left off weeping. Tied on to the baby's neck was an amulet, in which the old man found a note saying that the little boy belonged to the King's own daughter, just fancy!

The hermit liked the baby Providence had sent him very much, and he was most anxious to keep him and to bring him up, but unfortunately he was naught but a very poor old man, and he had no food at all to give to the little child. He wept long and bitterly, and falling down upon his knees he prayed to Heaven for help. And behold! a vine sprang forth from out of the ground, hard by the hut, and it bore the most beautiful grapes, and lo! the vine grew ever taller and taller until it reached up to the roof of the hut. And the old man plucked a few grapes from off the vine, and he gave them to the little baby, who ate them all. At this, the hermit was overwhelmed with joy, and he offered tip prayers of thanks for the aid he had received in his. hour of need.

A fost odată ca niciodată etc.

A fost odată într-o pustie mare un pustnic, și petrecea singur singurel. Vecinii săi erau fiarele pădurilor. Și așa era de bun la Dumnezeu, încât toate dobitoacele i se închinau, când se întâlneau cu dânsul.

Într-una din zile se duse pustnicul pe marginea gârlei, care curgea pe-aproape de coliba lui, și iată văzu că vine pe apă un sicriaș smolit și încleit bine, și auzi un orăcăit de copil ieșind dintr-însul.

Stătu puțin de cugetă și, după ce făcu rugăciune, intră în apă și trase cu o prăjină sicriașul la margine. Când deschise, ce să vază în el? Un copilaș ca de vro două luni; îl scoase din sicriu și cum îl luă în brațe tăcu.

Acest copil avea un baier atârnat de gât. Și, dacă îl luă, văzu că într-însul era o scrisoare, o ceti și află că copilul de față este lepădat de o fată mare de împărat, care alunecase și ea în valurile lumei și, care, de frica părinților, lepădă copilul, îl puse în secriaș și-i dase drumul pe gârlă, lăsându-l în știrea lui Dumnezeu.

Pustnicul voia din toată inima să crească pruncul ce-i trimisese Dumnezeu, dară când se gândi că n-are cu ce să-l hrănească îl podidi un plâns de nu se mai putea sfârși. Căzu în genunche și se rugă lui Dumnezeu, și o! minune! deodată răsări, măre, dintr-un colț al chiliei sale o viță, și numaidecât crescu și se înălță, până la streașina casei.

Pustnicul căută la dânsa și văzu struguri, unii copți, alții pârguiți, alții agurdă și alții tocmai în floare; îndată luă și dete copilului, și văzând că-i mănâncă, se bucură din tot sufletul lui și mulțumi lui Dumnezeu. Cu struguri crescu copilul până ce începu să mănânce și câte altceva.

When the baby had grown up. the hermit taught him how to read and write, and all about herbs, and likewise how to use the bow and arrows to hunt the wild beasts of the forest withal. And the boy got to be a very fine lad indeed, and he was quite happy, too, though he had never seen any human being except the hermit. But one day the old man said to him:

"My dear boy, I am very, very old, and I am getting weaker and weaker daily, and I feel that my time is drawing near. But three days more, and I shall have passed away into the far beyond. Know then that I am not your real father. When you were but a wee little baby I found you drifting down the river in a small wooden box. Now, my dear boy, give heed to what I am going to say. When my body has become cold like ice, and my limbs numb and stiff, you will know that I am no more. And a great big lion will then come forth from out of the forest, but you need not have any fear of him, for he will do you no harm whatsoever. He will dig my grave, and you shall lay my body to rest, and then throw the sod down upon it. That done, you will climb up into the garret, and there you will find a bridle. And you will take hold of the bridle with both your hands, and give it a good hard shake!"

And as the old man said, even so it happened. Three days later he laid himself down on his hard couch, and he breathed his last. And a great big lion came forth from out of the forest and dug his grave. And the lad buried the old hermit, and for three clays and three nights he stirred not from the grave, so overcome was he with grief and sorrow. Finally, faint with hunger and thirst, he moved towards the vine to get himself some grapes, but lo! it had withered away altogether, and there was no fruit left upon it at all; and he bethought himself then of the hermit's behest, and he climbed up to the garret, and there, sure enough, he found a bridle. Instantly he grasped it and gave it a good hard shake, and behold! Before him stood a magnificent winged steed, who cried:

Iară daca se mai mări copilul, pustnicul se apucă şi-l învăţă să citească, să adune rădăcini ca să se hrănească şi să umble la vânat.

Dar într-o zi chemă pustnicul pe copil şi-i zise:

— Fătul meu, simţ că slăbesc din ce în ce; sunt bătrân, precum mă vezi, află dară că de azi în trei zile mă duc pe lumea cealaltă. Eu nu sunt tatăl tău cel adevărat, ci te-am prins pe gârlă, unde erai dat şi pus într-un sicriaş de mumă-ta, ca să nu se dovedească fapta sa cea de ruşine, fiindcă era fată de împărat.

Dacă voi adormi somnul cel de veci, care o să-l cunoşti când vei vedea că tot trupul meu are să fie rece ca ghiaţa, amorţit şi ţeapăn, să bagi de seamă că o să vină un leu. Să nu te sperii, dragul tatei, leul îmi va face groapa, şi tu vei trage pământ peste mine; de moştenire n-am ce să-ţi las decât un frâu de cal. După ce vei rămânea singur, să te sui în pod, să iei frâul, să-l scuturi, şi îndată va veni un cal şi te va învăţa ce să faci.

După cum zisese bătrânul aşa se şi întâmplă.

A treia zi pustnicul, luându-şi rămas bun de la fiul său cel de suflet, se culcă şi adormi somnul cel lung.

Apoi îndată veni un leu groaznic, nevoie mare! şi veni răcnind, cum văzu pe bătrân mort, îi săpă groapa cu ghiarele, iară fiul îl îngropă şi rămase acolo trei zile şi trei nopţi plângând la mormânt.

Apoi foamea îi dete în ştire că el viază încă; se sculă de pre mormânt cu inima zdrobită de durere şi de întristare, se duse la viţă, şi cu mare mâhnire văzu că se uscase; atunci îşi aduse aminte de vorbele bătrânului şi se sui în pod, unde găsi frâul; îl scutură şi iată că veni un şoimulean aripat şi, stând înainte-i, zise:

"What is your bidding, good master?"

The lad was amazed, and having told the steed of the old hermit's death, he said to him:

"I stand all alone in the world now, and I want you to bide with me and be my friend. But first of all I must get away from this place at once, and build myself a cabin elsewhere in the forest. I could never be happy here, so close to my dear father's grave!"

"So be it, good master, I shall be your friend," cried the steed, "but we shall not remain in the forest amongst the wild beasts; we shall go away, far from here, and live amongst people!"

"People!" exclaimed the lad, "is that possible? Are we really to live amongst people!"

"Why certainly, my good master," said the steed.

"But how is it that no people have ever come to these parts?" asked the lad greatly puzzled.

"Why, what would they do here in the wild forest? No, master, if we wish to live amongst human beings, we must needs go and look them up!"

"So be it then!" cried the lad joyfully, "let's be off at once!"

But the steed then told him that out there in the great big world it was not customary for folk to go about half-naked, and that he had better first provide himself with proper clothes. At this, the lad was taken aback, and he felt rather sheepish. But the steed said, "Stick your hand into my left ear!" And the lad did so, and he scooped from out of the steed's ear a fine brand-new suit of clothes. And he tried to put them on, but he knew not how, and he was fearfully vexed with himself. But the steed helped him, and then the lad swung himself on the animal's back, and away he galloped.

— Ce poruncești, stăpâne?

Copilul spuse calului din cuvânt în cuvânt toată șiritenia cu moartea bătrânului și adăogă:

— Iată-mă aicea singur. Dumnezeu mi-a luat pe tatăl ce-mi dedese, rămâi tu cu mine, dară să mergem într-altă parte, unde să ne facem o colibă: aici, lângă-acest mormânt, nu știu de ce, dar îmi tot vine să plâng.

— Nu așa, stăpâne, îi răspunse calul, noi o să ne ducem să locuim unde sunt mulți oameni ca dumneata.

— Cum? întrebă băiatul, sunt mulți oameni ca mine și ca tata? Și o să trăim cu dânșii?

— Negreșit, îi răspunse calul.

— Atunci, daca e așa, mai întrebă copilul, de ce nu vin ei pe la noi?

— Ei nu vin, îi mai zise calul, fiindcă n-au ce căuta p-aci, trebuie să mergem noi la dânșii.

— Să mergem, răspunse copilul cu bucurie.

Iar daca îi spuse că trebuie să fie îmbrăcat, fiindcă ceilalți oameni nu îmblă așa goi, băiatul rămase cam pe gânduri; și calul îi zise să bage mâna în urechea lui cea stângă și după ce băgă mâna scoase niște haine pe care le îmbrăcă, ciudindu-se că nu știa cum să le întrebuințeze; calul îl învăță, și apoi copilul încalecă pe dânsul și porni.

He travelled and travelled and travelled, until he finally came to a big city. When he saw thousands and thousands of human beings swarm back and forth along the great, busy thorought fares, he was well-nigh scared unto death. But he soon recovered from his fright, and for days and days he wandered up and down through the beautiful streets, marvelling at the tall handsome buildings and at the big roomy shops with the many pretty things displayed in them; and at sight of all those wonderful things he was happy and contented. But it was not long before he realized that not one of those things could he call his own, and his thoughts went back to his forest, where he had been lord and master over everything, and he felt sorry he had gone away from there. But the steed observed that he was sad, and he tried to comfort and to encourage him, and said:

"Cheer up, good master! Of a truth, there is naught hereabouts but is already owned by somebody, but you need not worry about that! You will make your way in the world yet! You just leave that to me!"

For some time yet the lad tarried in the city, getting used to the stir and bustle of its life and to the ways of the townsfolk, and then, mounting on his trusty steed, he set forth to seek his fortune in the wide, wide world.

On and on and on he travelled until he came at length to Fairyland. Here ruled three beautiful fairies. Following the counsel of his steed, he went and asked them to employ him as a valet, but they would not even listen to him. However, he begged very, very hard, and finally the fairies, yielding to his entreaties, took him into their service.

După ce ajunse în orașul cel mai de aproape și se văzu întru mulțimea aia de oameni, furnicând în sus și în jos, se cam spăimântă copilul de atâta zgomot, și îmbla tot cu frică, mirându-se de frumusețea caselor și de tot ce vedea; băgă însă de seamă că fiecare lucru-și are rânduiala sa. Dară calul, îmbărbătându-l, îi zise:

– Vezi, stăpâne, aici toate sunt cu șartul lor; de aceea trebuie să știi să-ți faci și tu un căpătâi.

Și, după ce șezu acolo câteva zile, mai dedându-se cu lumea și mai obișnuindu-se a trăi în huietul ce înăbușește orașele, plecă luându-și calul cu sine și se duse, și se duse, până ce ajunse pe tărâmul unor zâne.

Ajungând la zâne, cari erau în număr de trei, căută să se bage argat la dânsele; așa îl sfătui calul să facă.

Zânele deocamdată nu prea voiau să-l ia în slujbă, dară se înduplecară la rugăciunile lui și-l priimiră.

One day, the steed told the lad that every few years or so a stream of golden water appeared in the bath-house, and that the man who was the first to bathe in that water came out of it with his hair all turned into purest gold. And he also told him that in a chest in the bath-house were stowed away three magic garments, which the fairies valued over all else in the world; and he advised him to keep close watch over the bathing-pool and over the magic clothes as well.

Now, the fairies had given the lad permission to move about freely in the buildings, but they had told him that, no matter what happened, he must never set foot in the bath-house. But he paid no heed at all to this. He did enter the bath-house, whenever the fairies were away from home; and he watched and he watched, always minding as best as ever he could the wise counsel his trusty steed had given him.

One fine morning, the fairies went to visit some friends of theirs, but before leaving they commanded the lad to watch the bath-house, and should he hear a noise in it, to let them know at once by tearing out a shingle from off the roof of the building; and they would make haste and return immediately. The faries, you see, suspected that it was well-nigh time for the golden water to make its appearance again.

All day long the lad kept a sharp watch. He was on the alert every single moment, and sure enough the wonderful thing happened at length; a beautiful stream of golden water began to flow through the pool in the bath-house! Instantly he plunged into the pool, and when he came forth from out of it, lo! his hair had all turned into purest gold! That done, he quickly seized the three magic garments that were hidden away in the chest, and without tarrying to say good-bye to anyone, he mounted his winged steed, and away he flew. But no sooner had he passed through the palace-gate than the buildings and the court-yard and the garden all set up a tremendous howl, and the fairies who were just then at table with their friends, making merry, were scared clean out of their wits, and screaming and wailing they ran back home again at the top of their speed.

Calul adesea venea pe la domnul său, și într-o zi îi zise să bage de seamă, cum că în una din case zânele aveau o baie, că acea baie, la câțiva ani, într-o zi hotărâtă, curge aur, și cine se scaldă întâi aceluia i se face părul de aur.

Îi mai spuse să vază că într-unul din tronurile casei zânele aveau o legătură cu trei rânduri de haine, pe care le păstrau cu îngrijire.

Băiatul băgă la cap toate zisele calului și, de câte ori avea câte ceva greu de făcut, chema calul și-i da ajutor.

Zânele îi dase voie să îmble prin toate casele, să deretece, să scuture, să măture, dar numai în cămara cu baie să nu intre. Însă el când lipseau ele d-acasă intra și lua aminte la toate câte îi zicea calul. Ochi și legătura cu hainele puse cu îngrijire într-un tron.

Într-o zi zânele plecară la o sărbătoare, la alte zâne și avură grijă să poruncească argatului, ca în minutu ce va auzi zgomot în cămăruța cu baia, să rupă o șindrilă din streașina casei, ca să dea de știre și să se întoarcă de degrabă, fiindcă ele știau că e aproape să înceapă a curge această apă de aur.

Fiul pustnicului pândea și când văzu minunea asta chemă numaidecât pe cal. Calul îi zise să se scalde; și el așa făcu.

Ieșind din baie, el luă legătura cu hainele, și o porni la sănătoasa călare pe calul lui cel cu aripi, cu care zbura ca vântul și se ducea ca gândul. Cum călcă peste pragul porții, începu casele, curtea și grădina a se cutremura și a urla așa de groaznic, încât se auzi până la zâne și zânele îndată se întoarseră acasă.

When the fairies saw the golden water streaming through the pool, and noticed that the magic clothes were gone, and with them the lad, their wrath knew no bounds. Instantly they set out on his trail, and they chased and chased the lad, until they finally caught up with him hard by the frontier of Fairyland. However, just as they were about to seize him, our hero passed to the other side; but the fairies could not possibly follow him across, because they were not allowed to venture beyond the boundary-line, and they were beside themselves with anger and dismay, and they cried out to him:

"Ah, ungrateful one, how could you deceive us! And we have been so good to you! But you must at least let us have a look at your hair, before you depart!"

Lad-Handsome—so folks called him—then let fall his golden har over his shoulders, and the fairies gazed and gazed upon it, and they turned green with envy and jealousy, and weeping bitterly they cried:

"Oh, the wonderful, wonderful hair! In vain have we been waiting for the golden water all these many years! Oh, you have betrayed us cruelly! But the magic clothes you have taken away— we beseech you, give them back to us, and we shall part good friends!"

But Lad-Handsome kept the clothes, because the fairies had failed to pay him his wages, and setting spurs to his faithful steed, away he galloped.

Daca văzură că argatul lipsește și hainele nu sunt la locul lor, se luară după dânsul; și-l urmăriră din loc în loc până ce, când era să puie mâna pe dânsul, el trecu hotarele lor, și apoi stătu.

Cum îl văzu zânele scăpat, se cătrăniră de necaz, că nu putură să-l prinză. Atunci ele îi ziseră:

– Ah! fecior de lele ce mi-ai fost, cum de ne amăgiși? Arată-ne, măcar, să-ți vedem părul.

Și răsfirându-și părul pe spinare, ele se uitau cu jind la dânsul, și li se scurgeau ochii. Apoi ziseră:

– Așa păr frumos nici noi n-am mai văzut! Fii sănătos, dară încai fă bunătate de ne dă hainele!

El însă nu voi, ci le opri și le luă în locul simbriei ce avea să ia de la zâne.

He travelled and he travelled until he reached at last the capital of the kingdom. There he bought himself a bladder, and he put it on his head, and lo! Lad-Handsome looked as bald as the palm of his hand! That done, he went to the King's gardener and asked him for a job, but the gardener absolutely refused to have anything to do with him. However, the lad begged and begged. and the gardener finally gave in and hired him, and he made him water the flowers, and pull out the weeds, and also prune the trees and cleanse them of caterpillars. And Lad-Handsome did exactly as he was bidden, and his master was very well satisfied with his work.

The King of that country had three very beautiful daughters, but the cares and troubles of Government had kept him so busy, so busy that he had clean forgotten to marry them off. One day, the maidens went to the garden and picked out three watermelons, and having put them on golden trays they set them down upon the table right before the King. Now this was a very strange thing to do, and the King was greatly surprised at the action of his daughters.

So he summoned his councillors and commanded them to solve the puzzle forthwith. They cut the melons up, and what do you think they saw? Why, one melon was just a wee bit over-ripe, the other melon was just right, and the third melon was on the point of ripening! And the councillors said:

"All hail, oh mighty King! We have solved the riddle! The three melons mean that it is time your daughters got married!"

On hearing this, the King issued a proclamation announcing that he had resolved to marry off his daughters, and it was not long before royal wooers began to arrive from all quarters of the world. The eldest maiden having chosen a very handsome prince, a magnificent wedding was celebrated; and when the rejoicing and merrymaking was over and done with, she was escorted by the King and his court and his household as far as the frontier of the kingdom. The youngest maiden, however, had danced a bit too much, and she was very weary, and so she decided to stay at home.

De aci se duse într-un oraș, își puse o bășică de cirviș în cap, și merse de se rugă de grădinarul împăratului ca să-l priimească argat la grădina împărătească. Grădinarul nu prea voia să-l asculte, dară după multă rugăciune îl priimi, îl puse să lucreze la pământ, să care apă, să ude florile, îl învăță să curețe pomii de omizi și brazdele de buruieni. Făt-Frumos lua în cap tot ce-l învăța grădinarul, stăpânul său.

Împăratul avea trei fete: și așa multă grije îi dase trebile împărăției, încât uitase de fete că trebuie să le mărite.

Într-una din zile, fata cea mai mare se vorbi cu surorile ei ca să ducă fiecare câte un pepene ales de dânsa la masa împăratului.

După ce împăratul se puse la masă, veniră și fetele și aduse fiecare câte un pepene pe tipsii de aur și îi puseră dinaintea împăratului.

Împăratul se miră de această faptă și chemă sfatul împărăției să-i ghicească ce pildă să fie asta.

Adunându-se sfatul, tăiară pepenii și, după ce văzură că unul se cam trecuse, al doilea era tocmai bun de mâncat și al treilea dase în copt, zise:

– Împărate, să trăiești mulți ani; pilda asta însemnează vârsta fetelor măriei tale, și că a sosit timpul ca să le dai la casa lor.

Atunci împăratul hotărî să le mărite. Dete, deci, sfară în țară de această hotărâre și chiar de a doua zi începură a veni pețitori de la cutare și de la cutare fecior de împărat.

Iară după ce fata cea mai mare își alese mire pre un fiu de împărat, care-i păru mai frumos, se făcu mare nuntă împărătească. Și după ce se sfârși veseliile, plecară împăratul cu toată curtea ca să petreacă pre fiică-sa până la hotarele împărăției sale. Numai fiica împăratului cea mai mică rămase acasă.

Now Lad-Handsome, too, remained at home, for somebody had to take care of the garden. But ere long he began to feel rather lonesome. So he donned one of his magic garments, which was strewn all over with golden flowers, and he let his golden hair fall down over his shoulders, and having mounted his winged steed, he began to gallop about in the garden, trampling everything underfoot, and having a most enjoyable time. But when he realized at last what he had done, he dismounted, and getting back into his common clothes he started repairing the destruction he had wrought in the garden.

When the gardener got back home and saw the awful mess, he was angry, and he came very nigh giving our hero a good thrashing. But, as luck would have it, the princess from her window had seen all that had befallen, and she asked the gardener to fetch her some flowers. This was not exactly an easy job, but in the out-of-the-way corners that had escaped the hoofs of the rampageous steed, he managed to scrape together a few flowers, which he bound together into a nosegay and took up to the princess. She gave him a handful of money, and asked him, wouldn't he please spare the poor fellow, because it was not his fault, really and truly. Quite happy over so handsome a gift, the gardener set to work immediately, and in three weeks' time he had put everything to rights again, and the garden looked for all the world as if nothing had ever happened to it.

It was not very long, however, before the King's second daughter made her choice, and she also got married to a very handsome prince. And there was tremendous rejoicing and merrymaking, as there had been at her elder sister's wedding, and even a wee bit more; and when it was all over and done with, she likewise was escorted by the King and his court and his household even as far as the frontier of the realm, just exactly as had been her sister before. Everybody went along. Except again the youngest princess. She was quite suddenly seized with a headache (humph!) and she staid at home once more.

Făt-Frumos, argatul de la grădină, văzând că și grădinarul se dusese cu alaiul, chemă calul, încălecă, se îmbrăcă cu un rând de haine din cele luate de la zâne, pe care era câmpul cu florile și, după ce-și lăsă părul său de aur pe spate, începu a alerga prin grădină în toate părțile, fără să fi băgat de seamă că fiica împăratului îl vede de pe fereastră, căci odaia ei da în grădină.

Calul cu Făt-Frumos strică toată grădina și, când văzu că veselia lui făcuse pagubă, descălică, se îmbrăcă cu hainele sale de argat și începu a drege ceea ce se stricase.

Când veni acasă grădinarul și văzu stricăciunea ce se făcuse, se luă de gânduri; începu a certa pe argat de ce n-a îngrijit de grădină, și era atât de supărat, cât p-aci era să-l și bată.

Dară fiica împăratului, care privea de la fereastră toate aceste, ceru grădinarului să-i trimită niște flori.

Grădinarul făcu ce făcu și adună de prin colțuri câteva floricele, le legă și le trimise împărătesei celei mici. Ea, daca priimi florile, îi dete un pumn de bani și-i trimise răspuns să ierte pe bietul argat, că nu este el de vină.

Atunci grădinarul, vesel de un dar așa de frumos, își puse toate silințele, și în trei săptămâni făcu grădina la loc, ca și cum nu s-ar fi întâmplat nimic într-însa.

Nu mult după aceasta, fata împăratului cea mijlocie își alese și ea un fecior de împărat, și-l luă de bărbat. Veseliile ținură ca și la soră-sa cea mare; iară la sfârșitul veseliilor o petrecu și pe dânsa împăratul până la hotarele împărăției sale. Fata cea mică a împăratului nu se duse, ci rămase acasă, prefăcându-se de astă dată că este bolnavă.

Again the garden was left under the care of Lad-Handsome, and he felt lonesome, and he would make merry, even like the other servants of the King. But without his fine clothes and his steed he could not have a really good time, could he now? So, he donned his second magic garment, which was spangled all over with great big gold stars, and having straddled his steed and let fall his beautiful golden hair down upon his shoulders, he scampered all over the garden, having a most glorious time indeed. But when he saw the mischief he had done, he hastily slid down from off his steed, and he slipped hack into his working-clothes, and bemoaning his fate bitterly, he set about mending the damage as best he could.

Now when the gardener came back again and saw the fearful wreckage, he was furious, and he was for thrashing our friend good and hard, and he most surely would have done so but for the princess, who, as before, ordered him to get her some flowers. With great difficulty he found a few poor specimens and he took them up to her, and she gave him two handfuls of money, and she asked him, 'Wouldn't he please spare the poor fellow, because really and truly it was not his fault at all.' Once more the gardener settled down to work, and in four weeks' time he had the garden pretty nearly in proper shape again.

Not very long after, it so befell that the King, while hunting big game in a forest, came nigh getting killed; and to celebrate his marvellous escape, he had a pavilion built on the same identical spot where his life was saved, and he gave there a most magnificent feast, to which he invited all the courtiers and all the lords of the realm. Of course, they one and all obeyed the royal summons. Everybody went, except again the King's younger daughter. She was taken sick with a headache (humph!), quie unexpectedly! And again the poor girl had to stay at home!

Argatul grădinei, cum se văzu iară singur, vru să se veselească și el ca toți slujitorii curței; însă, fiindcă el nu se putea veseli decât cu bidiviul său, își chemă calul, se îmbrăcă cu alte haine: ceru cu stelele, își lăsă părul pe spate, și călcă toată grădina.

Când băgă de seamă că iară fărâmase totul, se îmbrăcă cu hainele sale cele proaste, și bocindu-se începu să dreagă ceea ce stricase.

Ca și dealt rând, grădinarul voind să-l cârpească, fu oprit de fata cea mai mică a împăratului, care ceruse flori, trimițându-i și doi pumni de bani, și vorbă să nu se atingă de argat, nefiind el vinovat. Grădinarul se puse iară pe muncă și dădu grădina gata în patru săptămâni.

Împăratul făcuse o vânătoare mare și, fiindcă scăpase de o mare primejdie, ridică un chioșc în pădurea aceea, și chemase, ca să serbeze mântuirea sa, pre toți boierii și slujitorii curței la o masă înfricoșată ce pregătise acolo. Toți curtenii se duseră la chemarea împăratului, numai fiica sa rămase.

Once more Lad-Handsome was left behind to take care of the King's garden, and, as before, he felt quite lonesome, and he wished to amuse himself. So he dressed up in his third magic garment, on which were a golden sun and a golden moon and two great big gold stars. That done, he let fall his beautiful golden hair down upon his shoulders, and swinging himself up onto his steed, he galloped all over the garden, enjoying himself tremendously; and he did not stop before he had trampled everything underfoot. When at last he became aware of the havoc he had wrought, he fell a-weeping most bitterly, and getting into his common clothes again, he set about repairing the damage with the utmost diligence.

At sight of the fearful wreckage, the gardener's wrath knew no bounds, and he was just about to give our hero a sound drubbing when the princess once more asked him to bring her some flowers. High and low did he search, but never a flower could he find. And he searched again, and at length he discovered in a far-off corner of the garden two or three miserable little flowers that by some miracle had escaped the jolly steed's hoof; and he took them up to the princess. This time she gave him three handfuls of golden pieces, and she asked him, 'Wouldn't he please let the poor chap alone, for, honest to goodness, he was not the least bit to blame for what had happened.' It took the gardener now six weeks to repair the damage done and to make the place look like a garden again, more or less. But he vowed that should such a thing ever occur again, he would give the accursed fellow a good sound beating, and then send him about his business, to go wheresoever he blankety-blank pleased.

But the princess was very sad, and she would not even leave her room, and the King was beginning to get worried about her. So, he resolved to marry her off at once, and he talked to her about Prince This and about Prince That and about Prince The Other, but she would not even listen to him, she turned a deaf ear whenever marriage was mentioned in her presence.

Făt-Frumos, văzându-se iară singur, chemă calul și voind să se veselească și dânsul, îmbrăcă hainele: cu soarele în piept, luna în spate și doi luceferi în umeri, își lăsă părul de aur pe spate, încălecă calul și-l încurcă prin grădină.

Atât se stricase grădina, încât nu mai era chip de a o drege. Iar daca văzu aceasta el, începu a se tângui, se îmbrăcă iute cu hainele lui cele de argat, și nu știa de unde să înceapă meremetul.

Mânia grădinarului trecu orice hotare, când veni și văzu acea mare prăpădenie. Dară când voi să-i dea pe foi pentru că nu îngrijise de grădină, fiica împăratului îi ceru flori, de la fereastră.

Grădinarul da din colț în colț și nu știa ce să facă; în cele mai de pe urmă, cătă și mai găsi vreo două floricele care abia scăpase de copitele calului cu aripi, i le trimise, și fata de împărat îi porunci să ierte pe bietul argat, pentru care îi și dădu trei pumni de galbeni.

Se apucă de croi din nou, și în șase săptămâni abia putu face ceva care să mai semene a grădină, iar argatului îi făgădui o sântă de bătaie, sor' cu moartea, de s-o mai întâmpla una ca asta, și să fie și gonit.

Împăratul se luase de gânduri văzând pe fiică-sa tot tristă. Ea acum nu mai voia să iasă afară nici din casă. Hotărî dară să o mărite și începu a-i spune de cutare și cutare fiu de împărat. Ea nu voia să audă de nici unul.

Now, what else could the good King do but summon once again the Great Council, and the lords of the realm as well, and ask them what on earth was to be done with his daughter. One of the councillors advised the King to have a pavilion built, with a hole in the wall just above the floor instead of a door. The princess was to stand inside of the pavilion, holding a golden apple in her hand, and the wooers were to crawl through the hole, and the one she struck on the head with the apple was to be her husband. And it was done so. But never a one did the princess strike on the head with the golden apple!

The counciliors and the courtiers and the lords of the realm all felt quite certain now that the maiden just would not get married. Except one. He was a wise old courtier, who had bad many and varied experiences and had seen the ups and downs of life, and who knew what's what. And he advised that the King's domestics also should crawl through tile hole. And it was done even so. The gardeners, and the stewards, and the butlers, and the cooks, and the valets, and the dishwashers, and the coachmen, and the grooms, and the water-carriers, and also the common laborers, and even the little scullions—all of them crawled through the hole! But it was simply time and effort thrown away, naught did they get for their pains! Never a one did the princess strike with the golden apple!

The King then commanded that a thorough search be made forthwith, thinking that possibly somebody might have been overlooked; and so they searched and they searched until finally they came upon Lad-Handsome hidden away in a far-off corner in the garden. Our friend was in rags and tatters, and he looked dirty, and he was as bald as the palm of his hand! At sight of him the King smiled, and he cried:

"Make that poor beggar too crawl through the hole, and let's have done with the whole business! To a certainty my little girl has decided to remain a spinster!"

Iar daca văzu așa împăratul, adună iară sfatul și boierii și îi întrebă ce să facă? Unul din boieri îi zise să facă un foișor cu poarta pe dedesubt, pe unde să treacă toți fiii de împărat și de boieri, și pe care-l va alege fata, să-l lovească cu un măr de aur ce-l va ține în mână, și după acela s-o dea împăratul.

Așa se și făcu. Se dete sfară în țară că este hotărârea împăratului să se adune mic și mare și să treacă pe sub poartă.

Toți trecură, dară nu lovi nici pe unul. Mulți credea că fata n-ar voi să se mărite. Însă un boier bătrân, trecut și prin ciur și prin dârmon, d-ăia care auzise, văzuse și pățise multe, zise să treacă și oamenii curții; trecu și grădinarul, și bucătarul cel mare și vătaful, și slugile, și vizitiii, și toți rândașii, dar geaba, fata nu lovi nici pe unul.

Se făcu întrebare daca n-a mai rămas cineva netrecut, și se află că a mai rămas un prăpădit de argat de la grădinărie, cheleș și dosădit de n-are seamăn pe lume.

– Să treacă și acesta, zise împăratul.

However, Lad-Handsome would not do as he was bidden. Yet, what with coaxing and with pushing he was at last shoved through the hole bodily; and the princess, the very instant she caught sight of him, dealt him a smart blow upon his bald pate with the golden apple. At this, Lad-Handsome made a terrible racket, and he scampered away as fast as ever he could, yelling at the top of his voice that the King's daughter had smashed his head!

Well, this was a mighty serious situation. No longer did the King smile—never the least wee bit of a trace of a shadow of a smile! Quite the contrary! He scowled a fearful scowl, and he cried out:

"Impossible! Impossible! Mistake! Mistake! My daughter marry that bald-pated beggar! Never! Never! Impossible! Mistake!"

He could not very well bring himself to give his daughter to a ragamuffin, could he? So, he commanded all hands to crawl through the hole once again, and they did so; and, as before, the maiden struck Lad-Handsome with the golden apple, and he ran off creating a terrible disturbance and yelling that the princess had broken his poor head!

Wild with fury, the King again went back on his word, and he ordered them all to crawl through the hole once more, and, as before, the princess struck Lad-Handsome on his bald pate with the golden apple! And the King was finally compelled to admit that it was not a mistake at all, and yielding to the advice of the Great Council, he gave his daughter to Lad-Handsome in marriage. But the wedding was held in the strictest possible secrecy, and the King commanded both Lad-Handsome and his bride to leave the country forthwith, vowing that never would he have any further dealings with either of them.

Atunci chemă și pe argatul cel cheleș și-i zise să treacă și dânsul, dar el nu cuteza; apoi cam cu cârâială, cam cu sila, fu nevoit să treacă și, daca trecu, fata îl lovi cu mărul.

Argatul începu a țipa și a fugi, ținându-se cu mâinile de cap zicând că i-a spart capul.

Împăratul, cum văzu cele întâmplate, zise:

– Asta nu se poate! este o greșeală! fata mea nu e de crezut să fi ales tocmai pe cheleșul ăsta.

Nu putea, vezi, să se învoiască împăratul a da pe fie-sa după argat, deși îl lovise fata cu mărul.

Atunci puse de a doua oară să treacă lumea și de a doua oară fiică-sa lovi cu mărul în cap pe cheleș, care iarăși fugi ținându-se cu mâinile de cap și țipând.

Împăratul, plin de mâhnire, iară își luă vorba înapoi, și puse de a treia oară să treacă toată lumea.

Daca văzu și văzu împăratul că și d-a treia oară tot pe cheleș îl lovi fata, s-a plecat la sfatul împărăției, și i-a dat lui pe fiică-sa.

Nunta se făcu cam pe ascuns, și împăratul apoi îi oropsi pe amândoi, și nu mai voi să știe și să auză de dânșii; atâta numai că de silă, de milă, îi priimi să locuiască în curtea palatului.

Nevertheless, the good King could not but feel pity for them in their sad plight. So he allowed the bridal couple to settle down in a miserable little hovel, quite a way off from the palaceyard, and he graciously ordered that Lad-Handsome be given a job at once as water-carrier to the royal household.

Lad-Handsome's lot was by no means a pleasant one. Everybody made game of him. Even the servants would insult and abuse him. They would dump the garbage of the royal kitchens down onto his hut, which for that reason always was hideous to look at. But inside, the hut was perfectly beautiful, because Lad-Handsome's loyal steed had there gathered together the most wonderful things from all parts of the world; he had made the interior of the hovel look so magnificent that nothing like it could have been found in the King's palace even, nor for that matter in any other palace on the wide, wide face of the earth.

But the royal suitors were in a towering rage because the princess had preferred a common ordinary servant to them, and to revenge themselves they declared war against her father. Great indeed was the King's sorrow, but he was well aware that there was absolutely no help for it, and so he made all the necessary preparations to meet the enemy forthwith. His two royal sons-in-law at once gathered their armies and hastened to lend him assistance. And Lad-Handsome too wished to make himself useful, and he sent his wife to ask her father to let him go along and help fight off the enemy. But as soon as the King perceived his daughter, he flew into a violent passion, and cried:

"Out of my sight, you thoughtless wench! You alone are to blame for this unfortunate war! I will have naught to do with you, nor with your ne'er—do-well of a husband either!"

Un bordei într-un colţ al curţii li se dete spre locuinţă, iar argatul se făcu sacagiul curţii.

Toate slugile împăratului râdeau de dânsul şi toate murdăriile le arunca pe bordeiul lui. Înăuntru însă calul cel cu aripi le adusese frumuseţile lumii; nu era în palaturile împăratului ceea ce era în bordeiul lui.

Fiii de împărat, carii veniseră în peţit la fiica cea mică, se îmbufnară de ruşinea ce păţise, pentru că fiica împăratului alesese pe cheleş şi se învoiră între dânşii ca să pornească oaste mare împotriva lui.

Împăratul simţi mare durere când auzi hotărârea vecinilor săi, însă, ce să facă? se pregăti de război, şi nici că avea încotro.

Amândoi ginerii împăratului se sculară cu oaste şi veniră în ajutorul socrului lor. Făt-Frumos trimise şi el pe soţia sa ca să roage pe împăratul a-i da voie să meargă şi el la bătaie.

– Du-te dinaintea mea, nesocotito; fiindcă, iată, din pricina ta mi se turbură liniştea; nu mai voi să vă văz în ochii mei, nemernicilor ce sunteţi.

But she begged very, very hard, and the King finally yielded, and he graciously appointed Lad-Handsome to be water-carrier to the army.

On his way to meet the foe, the King saw Lad-Handsome trying very hard to drag his crippled old mare out of a marsh. Our good friend pulled and pushed for all he was worth, but all to no avail, the stubborn animal would not budge and the soldiers laughed, and they mocked at Lad-Handsome, and never a one even as much as thought of lending a helping hand to the poor fellow. But no sooner had the troops passed out of sight than, without the least bit of trouble, Lad-Handsome got the mare from out of the marsh on to dry land again. That done, he quickly attired himself in one of his magic vestments that was bestrewn all over with golden flowers, and having summoned his good steed, who was always at his beck and call, away he galloped. He halted on the top of a big mountain, to see towards which side the battle-line would sway. And it was not long before the King's forces began to waver and yield ground. Then, swift as lightning, Lad-Handsome rushed down upon the enemy armies; and whirling round and round even like a cyclone, he hewed his way through their breaking ranks, slashing right and left with his mighty sword, and mowing down whosoever dared stand in his path. Terrified by the dazzling brightness of his attire, as well as by the rapid movements of his winged steed, the foe bolted, flying for their very lives; and they could be seen scampering about hither and thither even like the young of partridges when the hunter's swift arrow darts down into the midst of the frightened flock.

Dară, după mai multe rugăciuni, se înduplecă, și porunci să-l lase să care și el măcar apă pentru oștire.

Se pregătiră și porniră.

Făt-Frumos, cu hainele lui proaste și călare pe o mârțoagă șchioapă, plecă înainte. Oștirea îl ajunse într-o mlaștină unde i se nomolise iapa și unde se muncea ca să o scoață, trăgând-o când de coadă, când de cap, când de picioare.

Râseră oștirea și împăratul cu ginerii cei mai mari ai săi și trecură înainte.

După ce însă nu se mai văzură dânșii, Făt-Frumos scoase iapa din noroi, își chemă calul său, se îmbrăcă cu hainele câmpul cu florile și porni la câmpul bătăliei, ajunse și se sui într-un munte apropiat, ca să vază care parte este mai tare.

Oștile daca ajunse, se loviră, iar Făt-Frumos, văzând că oastea vrăjmașă este mai mare la număr și mai tare, se răpezi din vârful muntelui asupra ei și ca un vârtej se învârteja prin mijlocul ei cu paloșul în mână, și tăia în dreapta și în stânga, pe oricine întâlnea.

Așa spaimă dete iuțeala, strălucirea hainelor și zborul calului său, încât oastea și toți cu totul o rupseră d-a fuga apucând drumul fiecare încotro vedea cu ochii, împrăștiindu-se ca puii de potârniche.

The King, however, as he beheld Lad-Handsome victorious over the adversary, thought it was a miracle, and that an angel had been sent down from Heaven to save him, and he offered prayers of thanks, and then he set out for home. And once more he saw Lad-Handsome, who, dressed like a common laborer once more, was striving mightily to lift the unfortunate mare from out of the marsh. And as the King felt very happy now and was in excellent humor, he took pity on our hero, and he issued an order to his bodyguard to lend the poor fellow a hand and get his mare out of the mud. And it was done even so.

However, shortly after, the enemy invaded the country a second time, and in larger numbers even than before, and again Lad-Handsome offered the King his services, only again to meet with scorn and contempt. But he begged and he begged, and he finally again obtained permission to follow the army as a water-carrier. And once more he was found stuck fast in a marsh together with his miserable mare, and he was doing his utmost to pull her out, but the harder he strove, the deeper into the slough she sank. And, even as before, the soldiers marching past mocked and jeered at him, and never a one offered to help him out in his sorry plight.

But when they were gone, Lad-Handsome arrayed himself in the magic garment that was studded all over with great big golden stars, and bestriding his steed, away he flew to succor the King. From the summit of a high mountain he watched the battle-line as it swayed to and fro, the advantage resting now with one side, now with the other; but seeing at last that the King's armies were getting decidedly the worse of it, Lad-Handsome at once swooped down upon the enemy, and laying about him with his mighty sword he routed them utterly; and they ran for dear life, even like frightened sheep when ravenous wolves unexpectedly pounce down upon the peaceful fold.

Iar împăratul după ce văzu minunea, mulțumi lui Dumnezeu că i-a trimis pe îngerul său de l-a scăpat din mâna vrăjmașului, și se întoarse vesel acasă.

Pe drum întâlni iarăși pe Făt-Frumos, prefăcut în argat, muncind să-și scoață iapa din noroi; și cum era cu voie bună, împăratul zise la câțiva:

– Duceți-vă de scoateți și pe nevoiașul acela din noroi.

N-apucară să se așeze bine, și veni veste la împăratul că vrăjmașii lui cu oștire și mai mare s-au ridicat asupra lui.

Se găti dară și el de război și plecă s-o întâlnească. Făt-Frumos iară se rugă să-l lase și pe dânsul să meargă, și iară fu huiduit.

Dară daca dobândi voie, porni iară cu iapa lui. Fu și de astă dată de râs și de bătaie de joc, când l-a văzut oștirea că iară se înnomolise și nu putea să-și scoață iapa din noroi de fel, de fel.

Îl lăsară înapoi dară el ajunse și acum mai nainte la locul de luptă, prefăcut în Făt-Frumos, călare pe calul cu aripi, și îmbrăcat în hainele lui cele cu cerul cu stelele.

Oștile deteră în tâmpene și în surle și se loviră, iar Făt-Frumos, daca văzu că vrăjmașii sunt mai puternici, se repezi din munte și-i puse pe goană.

Once more the King thought our hero was an angel sent down from Heaven to save him; and having offered prayers of thanks, he was now proceeding homewards, when again he beheld Lad-Handsome together with his wretched mare stuck fast in the mud. He ordered his men to help him out, and they did so, but they poked fun at him and bandied jests at his expense. However, he paid no heed to them at all; he secretly rejoiced over his doughty deeds and the great success of his undertaking.

But it was not long before the enemy once again broke the peace and overran the country, numberless as the sands of the seashore. The King was overwhelmed with sorrow, and he wept long and bitterly. But realizing that there was positively no help for it, he at length took heart again, and putting his trust in God, he gathered his armies together, and once more he sallied forth to join battle with the cruel foe.

As before, Lad-Handsome was found struggling mightily to raise his unhappy mare out of a morass, and the King's men chaffed and scoffed at him, never a one stopping to help the poor chap out of his predicament. But as soon as they were gone, he donned the magic garment that had the golden sun and moon and stars embroidered upon it, and in an instant his good steed had carried him to the top of a big mountain, from which he could follow the progress of the battle, and see towards which side victory would lean. The King's men fought stubbornly. They gave no quarter, and asked for none. Never an inch of ground did they yield throughout the day. Towards sundown, however, they showed signs of weakening, and soon their ranks began to falter, and they broke. Then, swift as a thunderbolt, Lad-Handsome hurled himself upon the enemy, and crashing right through their midst he threw them into utter confusion. The dazzling brilliancy of his golden raiment well-nigh blinded them, and a great panicky terror struck deep into their hearts.

Împăratul se întoarse iară vesel, mulțumind lui Dumnezeu de ajutorul ce i-a dat, și iară porunci ostașilor să scoață din noroi pe nevoiașul de sacagiu. Iar el era împăcat cu cugetul său și se bucura în ascunsul sufletului său de izbândele sale.

Împăratul de mâhni până în fundul inimei sale când auzi că vrăjmașii se ridică de a treia oară cu oaste și mai mare și că a ajuns la hotarele împărăției sale câtă frunză și iarbă; un plâns îl năpădi, de să ferească Dumnezeu! și plânse, și plânse, până ce simți că-i slăbesc vederile. Apoi își strânse și dânsul toată oastea și porni la bătălie cu nădejde în Dumnezeu.

Făt-Frumos porni și el tot pe oțopina lui.

Iar după ce trecu toată oastea făcând haz de dânsul cum se muncea ca să-și scoață iapa din noroi, se îmbrăcă cu hainele cele cu soarele în piept, luna în spate și doi luceferi în umeri, își lăsă părul de aur pe spate, încălecă calul și într-un minut fu iarăși pe munte, unde aștepta să vază ce s-o întâmpla.

Se întâlniră oștile, se loviră din mai multe părți și se tăiau unii pre alții fără de cruțare, atâta erau de înverșunați ostașii. Iar când fu către seară, când văzu că oștirea vrăjmașe era să ia în goană pre a împăratului, unde se repezi odată Făt-Frumos din munte ca un fulger; și unde trăsni în mijlocul lor, încât se îngroziră de nu mai știau ce fac. Strălucirea hainelor lui Făt-Frumos până într-atâta orbise și zăpăcise pe vrăjmaș de nu mai știau oștile unde se află. Făt-Frumos lovea cu pala de zvânta, în toate părțile. Groaza intrase în inimile protivnicilor și îi tulburase de își uitaseră de bătălie, ci cătau cum să se mântuiască cu viață.

They stampeded, flying they knew not whither, and trampling one another to death, even like affrighted cattle when all of a sudden a hungry lion bears down upon the unsuspecting herd; and they fell under his mighty sword like ill weeds underneath the sweeping scythe of the toiling ploughman.

But it befell that Lad-Handsome had injured his arm, and the King gave him his own handkerchief to tie around his wound. And once more the King believed him to be an angel, and he offered up prayers of thanks, and then he departed for home again, safe from all danger at last. And, as before, Lad-Handsome was found deep in a bog together with his mare, and he was jibed and jeered at, and the King commanded that they be hauled out, and it was done.

Not very long after his return home, the King was suddenly taken ill, and he lost his eyesight. From all over the world the most renowned doctors and astrologers were summoned to his bedside, yet never a one could do aught for him. But one night an old man appeared to him in a dream and told him that unless he washed his eyes with the milk drawn from a wild red goat, he could never hope to get cured of his blindness.

Instantly the two princes - the King's sons-in-law - set forth in search of a wild red goat, but they would not let Lad-Handsome go along with them. Nay, they were so mean, so mean that they even forbade him to take the same road. So Lad-Handsome at once summoned his steed and set off without them, and he travelled and travelled until he finally reached the moorlands; and there he hunted for days and days until at length he managed to catch a wild red goat and milk her. That done, he took a pail and filled it with plain sheep's milk, and then he put on shepherd's clothes and went forth to meet the two royal princes.

O luară la sănătoasa cari încotro vedea cu ochii dând năvală unii preste alții de-și rupeau gâturile. Făt-Frumos însă îi gonea și-i secera cu pala ca pe buruienele cele rele.

Împăratul îl văzu sângerat la mână, la care se crestase însuși, și îi dete năframa sa ca să se lege. Apoi se întoarse acasă izbăviți de primejdie.

Când veniră, găsiră iară pe Făt-Frumos în noroi cu iapa, și iarăși porunci de îl scoase.

Și sosind acasă împăratul căzu la boală de ochi și orbi. Toți vracii și toți filosofii carii citeau pe stele fură aduși, și nimeni nu putură să-i dea nici un ajutor. Într-una din zile, sculându-se din somn împăratul, spuse că a văzut în vis un bătrân care i-a zis că daca se va spăla la ochi și daca va bea lapte de capră roșie sălbatică va dobândi vederile.

Auzind astfel ginerii săi, porniră cu toții, cei doi mai mari singuri, fără să ia și pe cel mic, și fără a voi să-l lase măcar a merge împreună cu dânșii. Iară Făt-Frumos chemă calul și merse cu dânsul prin smârcuri, găsi capre roșii sălbatice, le mulse și când se întorcea, se îmbrăcă în haine de cioban și ieși înaintea cumnaților săi cu o doniță plină cu lapte de oi.

But they failed to recognize him, and they asked him what kind of milk he had in that pail. He pretended not to know them, and replied that it was milk drawn from a wild red goat, and that he was carrying it to the King, who had lost his eyesight and had dreamt that he would not be cured until he had washed his eyes with such milk.

The princes then tried to buy the milk from him, but he would not sell it. He told them, however, that they might have it, provided they owned themselves his slaves and allowed him to stamp his seal upon their backs. After that, they would be free to go wherever they liked, never to see him again anymore. Now, because they were the King's sons-in-law, the princes thought that they might do whatever they pleased. So they agreed to be his slaves, and they let him stamp his seal on their backs, and away they went with the sheep's milk. But they decided that were he ever to claim them for his slaves, they would deny everything and say he was mad; and they felt perfectly sure that, because they were royal princes and the King's sons-in-law to boot, everybody would take their word for it and pay no attention whatsoever to the poor miserable shepherd!

The princes took the milk to the King, and he bathed his eyes with it, but never the least bit of good did it do him. Then his youngest daughter brought him a bowl of milk, and she said to him:

"Father dear, here is some milk my husband is sending you. Wash your eyes with it, pray. I am sure that it will cure you."

But the King was wroth and he cried: "Why, the princes themselves have failed, and your idiot of a husband who has never done anything worth while hopes to cure me! Besides, how many times have I told you never to come before my eyes, you impertinent hussy? How dare you break my command?"

Ei îl întrebară ce lapte are acolo, iară el le răspunse, prefăcându-se că nu-i cunoaște, că duce lapte de capră roșie la împăratul care visase că-i va veni vedere daca va da cu acel lapte pe la ochi. Atunci ei se încercară a-i cumpăra laptele; dar ciobanul le răspunse că laptele nu-l dă pe bani ci că, daca voiesc să aibă lapte de capră roșie, să se zică că sunt robii lui, și să rabde ca să le pună pecetea lui pe spinarea lor, măcar că ei au să se ducă și să nu mai dea pe la dânsul.

Cei doi gineri se socotiră că ei pentru că sunt împărați și gineri de împărat n-o să le pese nimic, se lăsară, deci, de le puse pecetea lui în spinare, și apoi luară laptele și-l aduseră vorbind între dânșii pe drum: "De se va încerca, nerodul, să ne zică ceva, îl facem nebun, și tot noi vom fi mai crezuți decât dânsul".

Se întoarseră la împăratul, îi detera laptele, se unse la ochi și bău, dară nu-i ajută nimic. După aceea veni și fiica cea mică la împăratul și-i zise:

— Tată, iată ia și acest lapte, pe care îl aduse bărbatul meu, unge-te și cu dânsul, așa te rog.

— Ce lucru bun a făcut nătărăul de bărbatul tău, răspunse împăratul, ca să facă și acum ceva de ispravă? N-a putut face nimic ginerii mei ceilalți, cari m-au ajutat așa de mult în războaie, și tocmai el, nătângul, o să-mi poată ajuta? Și apoi nu v-am zis că n-aveți voie a vă mai arăta înaintea feței mele? Cum ai cutezat să calci porunca mea?

But she replied humbly:

"It is true, I have disobeyed your order, and I own I deserve to be punished for it! Do with me whatever you may choose, but do try this milk! I'm sure it will help!"

And she begged so hard, so hard that the King finally yielded and laved his eyes with the milk she had brought him. And he did so the next day also, and to his great amazement and joy he was able to see, dimly, as though through a film. And when upon the third day he again applied the milk to his eyes, lo! he was cured completely, and his sight was as good and as keen as anybody's on the wide face of the earth.

To celebrate his wonderful recovery, the King resolved to give a great feast to his councillors and to the lords of the realm; and, upon their entreaties, he allowed Lad-Handsome also to attend the banquet, but he ordered that he be placed away, way down at the foot of the table. The guests were rejoicing and making merry when our hero, still in his common peasant garb, rose to his feet and said:

"Oh mighty King! With your gracious leave, may I ask whether a slave has a right to be seated at table together with his master?"

"Certainly not!" replied the King.

Then the lad cried: "Oh mighty King! You are famed the wide, wide world over as a wise and just ruler! I therefore beseech you to be pleased to do justice unto your humble subject! Behold those two men yonder seated at your right and at your left! Drive them hence from the royal board! They are my bondmen! My seal is on their backs!"

At this, the two princes were so astounded that for quite a while they were bereft of speech altogether. When they had found their tongues again, they admitted that it was even as the youth had said. The King was very angry, and he ordered the princes to leave the table forthwith and to go and eat in the kitchen together with the common servants.

Towards the end of the banquet, Lad-Handsome again arose, and he produced the handkerchief the King had given him on the field of battle.

- Mă supui la orice pedeapsă vei binevoi să-mi dai, tată, numai unge-te, aşa te rog, şi cu acest lapte ce ţi-l aduce umilitul tău rob.

Împăratul daca văzu că atât de mult se roagă fiica-sa se înduplecă şi luă laptele ce-i adusese, şi apoi se unse cu dânsul la ochi o zi, se unse şi a doua zi, şi cu marea sa mirare simţi că pare că începuse a zări ca prin sită; şi daca se mai unse şi a treia zi, văzu cum vede toţi oamenii cu ochii luminaţi şi limpezi.

După ce se însănătoşi, dete o masă mare la toţi boierii şi sfetnicii împărăţiei, şi după rugăciunea lor priimi şi pe Făt-Frumos să şează în coada mesei.

Pe când se veseleau mesenii şi se chefuiau, se sculă Făt-Frumos şi, rugându-se de iertare, întrebă:

– Mărite împărate, robii pot şedea cu stăpânii lor la masă?

– Nu, nicidecum, răspunse împăratul.

– Apoi daca este aşa, şi fiindcă lumea te ştie de om drept, fă-mi şi mie dreptate, şi scoală pe cei doi oaspeţi carii şed d-a dreapta şi d-a stânga măriei tale, căci ei sunt robii mei; şi ca să mă crezi, pune să-i caute şi vei vedea că sunt însemnaţi cu pecetea mea în spinare.

Cum auziră ginerii împăratului, o băgară pe mânecă şi mărturisiră că aşa este; îndată fură nevoiţi a se scula de la masă şi a sta în picioare.

Iară cătră sfârşitul mesei, Făt-Frumos scoase năframa care i-a fost dat-o împăratul la bătălie.

"Why, this is my handkerchief!" cried the King, beside himself with amazement, "how ever did you get it? With mine own hand I gave it to the beautiful angel on the field of battle, who by a miracle saved us from destruction!"

"Your Highness, I crave your pardon! You gave this handkerchief to me on the battle-field!"

"Impossible! It was not you who conquered the foe! You are not an angel, are you?" cried the King in great bewilderment

"Oh mighty King! It was I who helped you!" declared the lad modestly.

"Impossible! Impossible!" cried the King again, utterly dumfounded, "I cannot believe it! Prove it! You don't resemble in the least the beautiful golden-haired angel to whom I gave my royal handkerchief! You are homely like sin, sirrah! Your pate is as bald as a billiard-ball!"

Lad-Handsome then left the hall, and in an instant he was back again, arrayed in his most beautiful vestment, the one with a sun and a moon and two great big stars, entirely out of purest gold, and his beautiful golden hair let down over his shoulders. At sight of him, they all recognized the beautiful angel, and they stood in utter amazement, dazzled by the brightness of his attire far more than if they had been gazing at the sun in heaven.

The King then praised his daughter for having chosen Lad-Handsome for a husband, and he bade him take a seat upon the throne at his right hand. And the first command our hero issued from the throne was that the two princes be made free men again. And for days and days there was tremendous rejoicing and merrymaking throughout the length and breadth of the kingdom. I too was present at the banquet. And I was seated right beside Lad-Handsome! I'm telling you the truth, I warrant you! And if you don't wish to believe me, why, you needn't, that 's all!

– Cum ajunse năframa mea în mâinile tale, întrebă împăratul? Eu am dat-o îngerului Domnului care ne-a ajutat la război.

– Ba nu, mărite împărate, mie mi-ai dat-o.

– Apoi daca este așa, tu ești acela care ne-ai ajutat?

– Eu, mărite împărate.

– Nu se poate, adaose iute împăratul, și daca vei să te crez, arată-te așa cum era atunci acela căruia am dat năframa.

Atunci el se sculă de la masă, se duse de se îmbrăcă cu hainele cele cu soarele în piept, luna în spate și doi luceferi în umeri, își lăsă părul pe spate și se înfățișă împăratului și la toată adunarea.

Cum îl văzură mesenii, îndată se rădicară și se minunară; Făt-Frumos era atâta de mândru și strălucitor, încât la soare te puteai uita, dar la el ba.

Împăratul, după ce lăudă pe fiică-sa pentru alegerea sa cea bună, se dete jos din scaunul împărăției și ridică în el pre ginerele său, Făt-Frumos; iară el, cea dintâi treabă ce făcu, fu de a da drumul din robie cumnaților săi, și în toată împărăția se făcu bucurie mare. Eram și eu p-acolo, și la masa împărătească:

Căram mereu la vatră, lemne cu frigarea,
Duceam eu la masă, glume cu căldarea
Pentru care căpătai:
Un năpăstroc de ciorbă
Ș-o sântă de cociorbă
Pentru cei ce-s lungă vorbă,
Și încălecai p-o șea și v-o spusei d-voastră așa.

Și mai încălecai p-o lingură scurtă, s-o dai pe la nasul cui n-ascultă.

YOUTH WITHOUT AGE
AND LIFE WITHOUT DEATH
Tinereţe fără Bătrâneţe
şi Viaţă fără de Moarte

Now, this is a very strange story, but it is a true story, for if it weren't, I wouldn't tell it to you.

In the long, long ago there lived a King and his Queen, and they were young and handsome, but they had no children, worse luck! They tried every possible means they knew of, they consulted the greatest doctors the world over, and astrologers as well, but it was all of no avail. One day, the King learned that in a village nearby there lived a wise old man, and he sent for him. But the old man replied to the King's messengers that whoso had need of him might come to seek him out. So, the King and the Queen, attended by their lords and by countless soldiers and servants, set out for the abode of the old man, who, when he saw them, came forth and said:

"All hail, oh mighty King! Know that you are tempting fate! Your desire for children will bring you naught but sorrow!"

"It is not to listen to speech like this that I have come hither," said the King angrily; "what I wish to learn is, do you know of anything that could be of help to us?"

"I do, Your Highness," replied the old man; "know that a child will be born to you, a very handsome and charming boy, forsooth; but never any joy will he bring you, worse luck! Here are some herbs that will help you!"

The King took the herbs and gave the old man a handsome reward, and then with the Queen he returned to the palace, quite contented; and in due time a baby boy was born to them, and they were glad and happy, and there was much rejoicing all over the kingdom. But the baby started crying at once, and he cried and he cried, and the doctors, do what they might, could not make him stop.

166

A fost odată ca niciodată; că de n-ar fi, nu s-ar mai povesti; de când făcea plopșorul pere și răchita micșunele; de când se băteau urșii în coade; de când se luau de gât lupii cu mieii de se sărutau, înfrățindu-se; de când se potcovea puricele la un picior cu nouăzeci și nouă de oca de fier și s-arunca în slava cerului de ne aducea povești;

De când se scria musca pe părete,

Mai mincinos cine nu crede.

A fost odată un împărat mare și o împărăteasă, amândoi tineri și frumoși, și, voind să aibă copii, a făcut de mai multe ori tot ce trebuia să facă pentru aceasta; a îmblat pe la vraci și filosofi, ca să caute la stele și să le ghicească daca or să facă copii; dar în zadar. În sfârșit, auzind împăratul că este la un sat, aproape, un unchiaș dibaci, a trimis să-l cheme; dar el răspunse trimișilor că: cine are trebuință, să vie la dânsul. S-au sculat deci împăratul și împărăteasa și, luând cu dânșii vro câțiva boieri mari, ostași și slujitori, s-au dus la unchiaș acasă. Unchiașul, cum i-a văzut de departe, a ieșit să-i întâmpine și totodată le-a zis:

— Bine ați venit sănătoși; dar ce îmbli, împărate, să afli? Dorința ce ai o să-ți aducă întristare.

— Eu nu am venit să te întreb asta, zise împăratul, ci, daca ai ceva leacuri care să ne facă să avem copii, să-mi dai.

— Am, răspunse unchiașul; dar numai un copil o să faceți. El o să fie Făt-Frumos și drăgăstos, și parte n-o să aveți de el. Luând împăratul și împărăteasa leacurile, s-au întors veseli la palat și peste câteva zile împărăteasa s-a simțit însărcinată. Toată împărăția și toată curtea și toți slujitorii s-au veselit de această întâmplare.

Mai-nainte de a veni ceasul nașterii, copilul se puse pe un plâns, de n-a putut nici un vraci să-l împace. Atunci împăratul a început să-i făgăduiască toate bunurile din lume, dar nici așa n-a fost cu putință să-l facă să tacă.

So the King began to coax him, promising him this thing and that and the other, just to make him leave off crying. "That's a darling little baby! Don't cry now! You shall have the greatest kingdom on earth! Now sonny, don't cry; I'll get you the most beautiful princess in the world for a wife!" And many other fine things like these did he promise to the baby, but never the least bit of good did it do. At length, seeing that no matter how hard he tried, it was quite impossible to appease the child, the King thought he would try one more thing, and he said, "If you stop crying, sweetheart, I promise to give you Youth Without Age and Life Without Death."

No sooner were these words spoken than the baby left off crying; and with blaring of bugles and beating of drums the glad tidings were at once proclaimed throughout the land, and everywhere there was much rejoicing and merrymaking for seven days one after the other.

When the baby grew up to be a boy—and a mighty fine boy was he—he was sent to the very best schools in the world and put under the care of the wisest men that could be found anywhere; and what other boys would take one whole year to learn, he learned in one month. His father was beside himself for sheer joy, and the people felt most happy at the thought that some day they would have a ruler even as wise and as learned as King Solomon himself. However, when he was about fifteen years old, a great change came over the Prince. He grew to be sad and gloomy, and was always wrapped up in deep thought; and nobody could tell what was the matter with him. One day, when the King was at table, making merry together with the lords of the realm and with the high court officials, the Prince arose and said:

"Father dear, the time has now come for you to give me what you promised me on the day I was born, Youth Without Age and Life Without Death."

– Taci, dragul tatei, zice împăratul, că ți-oi da împărăția cutare sau cutare; taci, fiule, că ți-oi da soție pe cutare sau cutare fată de împărat, și alte multe d-alde astea; în sfârșit, dacă văzu și văzu că nu tace, îi mai zise: taci, fătul meu, că ți-oi da Tinerețe fără bătrânețe și viață fără de moarte.

Atunci, copilul tăcu și se născu; iar slujitorii deteră în timpine și în surle și în toată împărăția se ținu veselie mare o săptămână întreagă.

De ce creștea copilul, d-aceea se făcea mai isteț și mai îndrăzneț. Îl deteră pe la școli și filosofi, și toate învățăturile pe care alți copii le învăța într-un an, el le învăța într-o lună, astfel încât împăratul murea și învia de bucurie. Toată împărăția se fălea că o să aibă un împărat înțelept și procopsit ca Solomon împărat. De la o vreme încoace însă, nu știu ce avea, că era tot galeș, trist și dus pe gânduri. Iar când fuse într-o zi, tocmai când copilul împlinea cincisprezece ani și împăratul se afla la masă cu toți boierii și slujbașii împărăției și se chefuiau, se sculă Făt-Frumos și zise:

– Tată, a venit vremea să-mi dai ceea ce mi-ai făgăduit la naștere.

At this, the King was greatly surprised, and he replied: "But just think, my dear son, how is it possible to give you such an unheard-of thing, If I made you such a promise, it was merely to make you stop crying."

"Very well, father dear, since you cannot keep your promise, I shall be compelled to go away and wander all over the world until I find Youth Without Age and Life Without Death."

The King and the Queen and the lords all went down on their knees and begged the Prince very hard not to leave them. The lords pleaded with him most earnestly, saying:

"Your father is growing quite old, and we shall soon raise you to his throne and get you the most beautiful princess in the world for a wife. We beseech you, do stay here with us!"

But it was impossible to sway the young Prince from his resolution; he was as firm as a rock. The King, when he saw that all entreaties were useless, finally gave his consent, and he ordered provisions and supplies to be got in readiness for his son's journey.

The Prince betook himself to the King's stables, where the finest stallions in the kingdom could be found, and there he tried to select a horse for his journey. He laid hold of the tail of one of the horses, but the moment he had done so, the animal fell down plump on the ground, under the sheer weight of the lad's hand. The Prince tried another horse, and then still another, but never a one could stand up under his grasp; and before long all the horses had fallen down, and were lying on the floor of the stable. And the youth was just about on the point of leaving even as he had come, when, casting a last glance through the stables, he perceived in a far-off corner a very poor-looking horse that was all mangy and glandered. He stepped up to the wretched animal, and he seized him by the tail; but the horse, stiffening his legs, stood up as straight as an arrow, and turning his head towards the Prince, he said:

Auzind aceasta, împăratul s-a întristat foarte și i-a zis:

— Dar bine, fiule, de unde pot eu să-ți dau un astfel de lucru nemaiauzit? Și dacă ți-am făgăduit atunci, a fost numai ca să te împac.

— Daca tu, tată, nu poți să-mi dai, apoi sunt nevoit să cutreier toată lumea până ce voi găsi făgăduința pentru care m-am născut.

Atunci toți boierii și împăratul deteră în genuchi, cu rugăciune să nu părăsească împărăția; fiindcă, ziceau boierii:

— Tatăl tău de aci înainte e bătrân, și o să te ridicăm pe tine în scaun, și avem să-ți aducem cea mai frumoasă împărăteasă de sub soare de soție.

Dar n-a fost putință să-l întoarcă din hotărârea sa, rămânând statornic ca o piatră în vorbele lui; iar tată-său, dacă văzu și văzu, îi dete voie și puse la cale să-i gătească de drum merinde și tot ce-i trebuia.

Apoi, Făt-Frumos se duse în grajdurile împărătești unde erau cei mai frumoși armăsari din toată împărăția, ca să-și aleagă unul; dar, cum punea mâna și apuca pe câte unul de coadă, îl trântea, și astfel toți caii căzură. În sfârșit, tocmai când era să iasă, își mai aruncă ochii o dată prin grajd și, zărind într-un colț un cal răpciugos și bubos și slab, se duse și la dânsul; iar când puse mâna pe coada lui, el își întoarse capul și zise:

"Thank Heaven that it has at length been given to me to feel the hand of a worthy man upon me! And now, good master, what is your pleasure? Command!"

The Prince then told the horse he was about to set forth in search of Youth Without Age and Life Without Death. Whereupon the horse said:

"I'll help you find what you are after! But first you must go and ask your father to let you have the complete outfit that was his when he was a lad—his suit of armor, his sword and his lance, and his bow and arrows and quiver. And for six weeks you must take care of me with your own hands, and every day you shall cook my oats in boiling hot milk!"

The Prince having asked for the things the horse had mentioned to him, the King sent for the head-steward and bade him have all the chests in the place thrown wide open, so that his son might choose for himself the suit of armor and the weapons he liked best. The Prince searched and searched and rummaged and rummaged, until at last he found hidden away deep down in the bottom of an old chest the armor and the weapons that his father had used when he was a lad. But they were quite rusty, and they needed an overhauling pretty badly. So the Prince set about and he scraped and he scrubbed, and he burnished and he furbished, and in six weeks' time he succeeded in making them all look as spick and span as a new piece of money. And he also took good care of the horse every single day, even as he had been bidden. Well, he had labored long and hard, but in the end he had made a good clean job of it all, and he was glad and contented.

– Ce poruncești, stăpâne? Mulțumesc lui Dumnezeu că mi-a ajutat să ajung ca să mai puie mâna pe mine un voinic.

Și înțepenindu-și picioarele, rămase drept ca lumânarea. Atunci Făt-Frumos îi spuse ce avea de gând să facă și calul îi zise:

– Ca să ajungi la dorința ta, trebuie să ceri de la tată-tău paloșul, sulița, arcul, tolba cu săgețile și hainele ce le purta el când era flăcău; iar pe mine să mă îngrijești cu însuți mâna ta șase săptămâni și orzul să mi-l dai fiert în lapte.

Cerând împăratului lucrurile ce-l povățuise calul, el a chemat pre vătaful curții și i-a dat poruncă ca să-i deschiză toate tronurile cu haine spre a-și alege fiul său pe acelea care îi va plăcea. Făt-Frumos, după ce răscoli trei zile și trei nopți, găsi în sfârșit, în fundul unui tron vechi, armele și hainele tatâne-său de când era flăcău, dar foarte ruginite. Se apucă însuși cu mâna lui să le curețe de rugină și, după șase săptămâni, izbuti a face să lucească armele ca oglinda. Totodată îngriji și de cal, precum îi zisese el. Destulă muncă avu; dar fie, că izbuti.

But no sooner had the horse learned from the lad that the armor and the weapons were cleaned and ready for use, when all at once he shook himself, and suddenly the ulcers and the ganders fell down from off his body, and behold! before the Prince stood as magnificent a steed as was ever seen anywhere in the world, and he had four wings on his shoulders. The Prince, when he saw the splendid winged steed standing right there before him, was so overwhelmed with joy that he cried out:

"In three days from today we shall start out upon our journey!"

"All right, good master," replied the steed, "I am ready and waiting your command!"

And so it was done. When the three days were up, the Prince, mounted on his beautiful winged steed and armed from head to foot, was in the palace-yard, all ready for his departure. With tears in his eyes he embraced and kissed his parents, and then he said good-bye to the lords and the court officials and to all the rest. Once again the King and the Queen begged him to bide with them—not to set out upon so hazardous an undertaking. But it was all, all in vain. The lad's mind was fully made up, and naught could turn him away from his purpose. Bidding them all a last farewell, he clapped spurs to his steed, and swift as the wind he galloped away, followed by some two hundred soldiers the King had given him for an escort, and by the wagons that carried the provisions and supplies and the money as well.

The Prince travelled and travelled for a very, very long time until he reached the wilderness country. There he halted for a while, and he divided all the money and likewise the provisions and supplies among the soldiers, keeping for himself only just about as much as his good steed could carry; and bidding them farewell, he sent them back home again. Then heading due east, he wandered and wandered and wandered for three days and for three nights, until he came at length to a great big plain, and lo! it was strewn thickly with huge quantities of bones— naught but bones and bones as far as his eye could reach!

Când auzi calul de la Făt-Frumos că hainele și armele sunt bine curățate și pregătite, odată se scutură și el, și toate bubele și răpciuga căzură de pe dânsul și rămase întocmai cum îl fătase mă-sa, un cal gras, trupeș și cu patru aripi; văzându-l Făt-Frumos astfel, îi zise:

— De azi în trei zile plecăm.

— Să trăiești, stăpâne; sunt gata chiar azi, de poruncești, îi răspunse calul.

A treia zi de dimineață, toată curtea și toată împărăția era plină de jale. Făt-Frumos, îmbrăcat ca un viteaz, cu paloșul în mână, călare pe calul ce-și alesese, își luă ziua bună de la împăratul, de la împărăteasa, de la toți boierii cei mari și cei mici, de la ostași și de la toți slujitorii curții, carii, cu lacrămile în ochi, îl rugau să se lase de a face călătoria aceasta, ca nu care cumva să meargă la pieirea capului său; dar el, dând pinteni calului, ieși pe poartă ca vântul, și după dânsul carăle cu merinde, cu bani și vreo două sute de ostași, pe care-i orânduise împăratul ca să-l însoțească.

După ce trecu afară de împărăția tatălui său și ajunse în pustietate, Făt-Frumos își împărți toată avuția pe la ostași și, luându-și ziua bună, îi trimise înapoi, oprindu-și pentru dânsul merinde numai cât a putut duce calul. Și apucând calea către răsărit, s-a dus, s-a dus, s-a dus, trei zile și trei nopți, până ce ajunse la o câmpie întinsă, unde era o mulțime de oase de oameni.

Weary with travelling, the Prince stopped to rest a little, and the winged steed said:

"Know, good master, that this is the Land of the Woodpecker, who is a very wicked, wicked old witch, and she slays whoever sets foot on her domain; hence, all those bones that cover this wide plain. Once upon a time she was a human being, even like you, but she was bad and wayward, and she caused her parents no end of trouble and sorrow; so they cast a curse upon her, which turned her into a ferocious and cruel bird. She is now at home with her children, but tomorrow we shall encounter her in yonder great forest, through which she will come, and she will try to destroy you. She is huge and powerful, but you must not take fright, and you must have your bow ready to hand and pierce her with your arrow; and your sword and lance you must also hold in readiness, so that you may use them to good advantage, if need be."

With this, master and steed laid themselves down to rest for the night. However, they did not both go to sleep, but while the one slept, the other kept watch, by turns.

Next day at dawn they made ready to cross the forest. The Prince saddled and bridled his steed, and he tightened the girths faster than usual, and then he sallied forth into the forest. Suddenly, he heard a most terrific noise, like that of a great immense hammering, and his steed cried to him, "Ready now, master, she is coming!" As the Woodpecker swept along through the air, the trees bent and broke down in her path, so very rapid was her flight. But now, swift as wind, the winged steed rose away, way up, until he was hovering close above her, and the Prince let fly his arrow at the Woodpecker, lopping one of her feet clean off from her body. And he was just about going to dart off another arrow at her when she cried out in anguish and terror, "Stop, stop, my lad! For heaven's sake, don't shoot! I'll do you no harm!" But as she saw that he would not take her word for it, she offered him a pledge written with her own blood, and he accepted it.

176

Stând să se odihnească, îi zise calul:

— Să știi, stăpâne, că aici suntem pe moșia unei Gheonoaie, care e atât de rea, încât nimeni nu calcă pe moșia ei, fără să fie omorât. A fost și ea femeie ca toate femeile, dar blestemul părinților pe care nu-i asculta, ci îi tot necăjea, a făcut-o să fie Gheonoaie; în clipa aceasta este cu copiii ei, dar mâine, în pădurea ce o vezi, o s-o întâlnim venind să te prăpădească; e grozavă de mare; dară să nu te sperii, ci să fii gata cu arcul ca să o săgetezi, iar paloșul și sulița să le ții la îndemână, ca să te slujești cu dânsele când va fi de trebuință.

Se deteră spre odihnă; dar pândea când unul, când altul.

A doua zi, când se revărsa zorile, ei se pregăteau să treacă pădurea. Făt-Frumos înșeuă și înfrână calul, și chinga o strânse mai mult decât altă dată, și porni; când, auzi o ciocănitură groaznică. Atunci calul îi zise:

— Ține-te, stăpâne, gata, că iată se apropie Gheonoaia.

Și când venea ea, nene, dobora copacii: așa de iute mergea; iar calul se urcă ca vântul până cam deasupra ei și Făt-Frumos îi luă un picior cu săgeata și, când era gata a o lovi cu a doua săgeată, strigă ea:

— Stăi, Făt-Frumos, că nu-ți fac nimic!

Și văzând că nu o crede, îi dete înscris cu sângele său.

"A clever horse you have, my lad, and a great wizard he certainly is! Had it not been for him, I should have eaten you up alive, as sure as fate, and your bones would have gone to join those you have seen covering the plain. But you have conquered me, worse luck! You must know that never yet has any other mortal pushed his way as far as this into my land. The madmen who have made the attempt never got any farther than yonder plain where you saw all those bones scattered about."

He went to her home, and the old witch treated him most kindly, welcoming him as one would an old friend or a peaceful wayfarer. But as they were at table making merry, she suddenly gave a cry of pain; so he brought forth her foot from out of his knapsack, where he had stowed it away, and set it back into place. And instantly it stuck fast, and her leg was whole again. And so great was her joy over this that for three days one after another she made good cheer, and she even asked him to bide with her and marry one of her three daughters, who were as beautiful as fairies. But the Prince would not do so. He told her frankly that he could not tarry, because he was in quest of Youth Without Age and Life Without Death. At this the witch said. "Well, with the aid of the wizard steed and your good courage you will succeed in your undertaking, sure enough."

Three days after, the Prince made ready and set forth again. On and on and on he rode, a journey ever, ever so long and wearisome, and when he had got beyond the Land of the Woodpecker, he came upon a great big plain. But while on one side of the plain the grass was all fresh and green, on the other side it was altogether parched and dried up. The Prince asked his steed why it was that the grass was all withered and burned on that side.

– Să-ți trăiască calul, Făt-Frumos, îi mai zise ea, ca un năzdrăvan ce este, căci de nu era el, te mâncam fript; acum însă m-ai mâncat tu pe mine; să știi că până azi niciun muritor n-a cutezat să calce hotarele mele până aicea; câțiva nebuni carii s-au încumes a o face d-abia au ajuns până în câmpia unde ai văzut oasele cele multe.

Se duseră acasă la dânsa, unde Gheonoaia ospătă pe Făt-Frumos și-l omeni ca pe un călător. Dar pe când se aflau la masă și se chefuiau, iară Gheonoaia gemea de durere, deodată el îi scoase piciorul pe care îl păstra în traistă, i-l puse la loc și îndată se vindecă. Gheonoaia, de bucurie, ținu masă trei zile d-a rândul și rugă pe Făt-Frumos să-și aleagă de soție pe una din cele trei fete ce avea, frumoase ca niște zâne; el însă nu voi, ci îi spuse curat ce căuta; atunci ea îi zise:

– Cu calul care îl ai și cu vitejia ta, crez că ai să izbutești.

După trei zile, se pregătiră de drum și porni. Merse Făt-Frumos, merse și iar merse, cale lungă și mai lungă; dară când fu de trecu peste hotarele Gheonoaiei, dete de o câmpie frumoasă, pe de o parte cu iarba înflorită, iar pe de altă parte pârlită. Atunci el întrebă pe cal:

– De ce este iarba pârlită?

And the horse said:

"You ought to know that we are now in the Land of the Scorpion. She is the Woodpecker's sister, and her neighbor, and they are both very wicked and quarrelsome, and they cannot live together in peace. The curse of their angry parents has fallen upon them, and that is the reason why they are changed into cruel animals. They are sworn enemies, and their hatred is most terrible, and ever and ever they are trying to rob each other of their land. But when the Scorpion is wrathful, she spits burning pitch from out of her jaws. Not very long ago, they had again quarreled, and the Scorpion on her way to fight her sister was wroth and furious, and she spat fire, and she burned up all the grass over which she passed. She is even more wicked than the Woodpecker, and she has three heads. But, good master, let us now rest a little while, for tomorrow morning bright and early we must be prepared to fight the old witch."

The following day, the Prince again made ready, even as he had done on reaching the Land of the Woodpecker, and then he set off once more. But all of a sudden he heard a most terrific howling and hissing, such as he had never heard before, and the winged steed cried out. "Ready now, master! The old Scorpion witch is coming!"

With one jaw away up in the sky and with the other away down on the earth, the Scorpion came on through the air, flying swift as the wind, and belching forth flames of fire all around her. But now the winged steed, swift as an arrow, soared away, way up almost straight above her, and then down upon her he swooped, just a little bit to one side. Instantly the Prince shot his arrow at her, and snap! off flew one of the Scorpion's three heads! And just as he was going to shoot off another of her heads, she began to beg him to spare her life, vowing that she will not do him any harm; and as he refused to take her word for it, she gave him a pledge written even with her own blood.

Şi calul îi răspunse:

— Aici suntem pe moşia unei Scorpii, soră cu Gheonoaia; de rele ce sunt, nu pot să trăiască la un loc; blestemul părinţilor le-a ajuns, şi d-aia s-au făcut lighioi, aşa precum le vezi; vrăjmăşia lor e groaznică, nevoie de cap, vor să-şi răpească una de la alta pământ; când Scorpia este necăjită rău, varsă foc şi smoală; se vede că a avut vreo ceartă cu soră-sa şi, viind s-o gonească de pe tărâmul ei, a pârlit iarba pe unde a trecut; ea este mai rea decât soră-sa şi are trei capete. Să ne odihnim puţin, stăpâne, şi mâine dis-de-dimineaţă să fim gata.

A doua zi se pregătiră, ca şi când ajunsese la Gheonoaia, şi porniră. Când, auziră un urlet şi o vâjietură, cum nu mai auziseră ei până atunci!

— Fii gata, stăpâne, că iată se apropie zgripsoroaica de Scorpie.

Scorpia, cu o falcă în cer şi cu alta în pământ şi vărsând flăcări, se apropia ca vântul de iute; iară calul se urcă repede ca săgeata până cam deasupra şi se lăsă asupra ei cam pe deoparte. Făt-Frumos o săgetă şi îi zbură un cap; când era să-i mai ia un cap, Scorpia se rugă cu lacrămi ca să o ierte, că nu-i face nimic şi, ca să-l încredinţeze, îi dete înscris cu sângele ei.

Then she asked him to her house, and there she made him welcome, and she treated him even better than the Woodpecker had done. And the Prince returned her head to her, and put it back to its place, and it stuck fast again at once. And three days later he set out on his search once more.

Having left the Land of the Scorpion behind him, the Prince travelled and travelled and then he travelled still farther, until he finally came to a beautiful plain. Here it was always springtime, and the air was pure and sweet, and it was ever laden with the balmy fragrance of the flowers that were strewn all over the fields and the meadows. The Prince halted for a rest, and the winged steed said to him:

"Well, dear master, so far, so good! But there is one difficulty yet ahead of us, and if, with Heaven's help, we succeed in escaping from that great danger, we shall indeed have good cause to he proud of ourselves. Know then, my dear master, that not far from here stands the palace where dwells Youth Without Age and Life Without Death; but it is surrounded on all sides by a thick and lofty forest, in which the most ferocious beasts in all creation are living. These animals are everywhere in the forest, and they never go to sleep. Day and night they keep watch over the palace. They are so powerful and there are so many of them that it would be of no use whatsoever to try to ride through the forest; and there is but one way to reach the palace, and that is to fly over and above the forest."

Having rested for several days, the Prince once more made his preparations, even as he had done before, and then the winged steed said:

"Good master, now fasten the girths on me as taut a yon can, and when you are mounted, keep firmly in the stirrups and cling fast to my mane, lest you fall off while I wing my flight over and across the forest."

Scorpia ospătă pe Făt-Frumos și mai și decât Gheonoaia; iară el îi dete și dânsei înapoi capul ce i-l luase cu săgeata, carele se lipi îndată cum îl puse la loc, și după trei zile plecară mai departe.

Trecând și peste hotarele Scorpiei, se duseră, se duseră și iară se mai duseră, până ce ajunseră la un câmp numai de flori și unde era numai primăvară; fiecare floare era cu deosebire de mândră și cu un miros dulce, de te îmbăta; trăgea un vântișor care abia adia. Aicea stătură ei să se odihnească, iară calul îi zise:

– Trecurăm cum trecurăm până aci, stăpâne; mai avem un hop: avem să dăm peste o primejdie mare; și daca ne-o ajuta Dumnezeu să scăpăm și de dânsa, apoi suntem voinici. Mai-nainte de aci este palatul unde locuiește Tinerețe fără bătrânețe și viață fără de moarte. Această casă este încongiurată cu o pădure deasă și înaltă, unde stau toate fiarele cele mai sălbatice din lume; ziua și noaptea păzesc cu neadormire și sunt multe foarte; cu dânsele nu este chip de a te bate; și ca să trecem prin pădure e peste poate; noi însă să ne silim, dac-om putea, să sărim pe dasupra.

După ce se odihniră vreo două zile, se pregătiră iarăși; atunci calul, ținându-și răsuflarea, zise:

– Stăpâne, strânge chinga cât poți de mult, și încălecând, să te ții bine și în scări, și de coama mea; picioarele să le ții lipite pe lângă supțioara mea, ca să nu mă zăticnești în zborul meu.

Up in the air the winged steed then rose, and in an instant he was nigh to the forest, and then he spoke again:

"Good master, this is the hour when the wild beasts are fed, and they are all gathered together in the palace-yard. Now is the time to fly over and across the forest!" And the Prince cried, "Now or never! Let us cross! And may Heaven take pity on us!"

Ever higher and higher the winged steed soared, and the Prince soon saw the palace, which stood right in the midst of the forest and was built altogether out of gold, glittering so brightly, so brightly that he was dazzled by it more by far than by the splendor of the sun. The winged steed had now cleared the forest, and just as he was about to alight before the staircase of the palace, he happened to graze the top of a tree, and all at once the whole forest was astir, and the wild beasts all set up such a terrific howl that the Prince's hair stood up on end, and he was filled with fear and horror. The steed made haste and descended into the palace-yard; and had it not been for the Lady of the palace, who was standing upon the staircase feeding her pets (for so she called those great monsters of the forest), both steed and rider would have been devoured, beyond the shadow of a doubt. As it was, she stopped the beasts and appeased them, and that done, she sent them about their business. She was beside herself with joy at sight of the Prince, for never before had she seen a human being in her domain. She was a fairy, and she was tall and slender and charming, and so beautiful—ah! the wondrous beauty!—that the Prince the instant he saw her was struck dumb with awe and amazement. But she regarded him with pity and compassion, and she cried:

"Welcome, oh gallant youth, but what would you here in Fairyland?"

"Fair mistress," he answered, 'I seek Youth Without Age and Life Without Death!"

"If that is what you seek, you will find it here with us," said the fairy.

Se urcă, făcu probă, și într-un minut fu aproape de pădure.

— Stăpâne, mai zise calul, acum e timpul când se dă de mâncare fiarălor pădurei și sunt adunte toate în curte; să trecem.

— Să trecem, răspunse Făt-Frumos, și Dumnezeu să se îndure de noi.

Se urcară în sus și văzură palatul strălucind astfel, de la soare te puteai uita, dar la dânsul ba. Trecură pe dasupra pădurii și, tocmai când erau să se lase în jos la scara palatului, d-abia, d-abia atinse cu piciorul vârful unui copaci și dodată toată pădurea se puse în mișcare; urlau dobitoacele, de ți se făcea părul măciucă pe cap. Se grăbiră de se lăsară în jos; și de nu era doamna palatului afară, dând de mâncare puilor ei (căci așa numea ea lighionile din pădure), îi prăpădea negreșit.

Mai mult de bucurie că au venit, îi scăpă ea; căci nu mai văzuse până atunci suflet de om pe la dânsa. Opri pe dobitoace, le îmblânzi și le trimise la locul lor. Stăpâna era o zână naltă, supțirică și drăgălașă și frumoasă, nevoie mare! Cum o văzu Făt-Frumos, rămase încremenit. Dară ea, uitându-se cu milă la dânsul, îi zise:

— Bine ai venit, Făt-Frumos! Ce cauți pe aici?

— Căutăm, zise el, Tinerețe fără bătrânețe și viață fără de moarte.

— Dacă căutați ceea ce ziseși, aci este.

The Prince then dismounted, and he entered the palace. Here he found two more maidens, who were the fairy's elder sisters, but were still quite young. He gave thanks to the beautiful fairy for having rescued him from the horrible beasts. The fairies were overjoyed at his arrival, and they prepared a most delicious supper in his honor, which was served in dishes made out of pure gold. And to his steed they gave leave to roam and to graze wheresoever he pleased, and they got the master as well as the horse acquainted with the wild animals, so that they might both be able to stroll about in the forest at their leisure, without fear of being torn to pieces by the cruel beasts.

The fairies would not let the Prince depart, for they hated to live all by themselves; so they begged him to abide with them in Fairyland. As for him, he did not need to be asked twice, for that was just exactly what he wanted to do, and he was very glad indeed to accept their gracious invitation.

Soon, the Prince and the fairies came to be very good friends, and he told them all that had befallen him, from first to last; and it was not long before he married the youngest of the maidens. And at the wedding the fairies gave him the freedom of Fairyland, telling him that he might go anywhere he chose; but one place he must never enter, and if he did, he would fare very badly indeed. That place was a small valley, and it was called the Vale of Tears.

For ages and ages did the Prince abide in Fairyland, and he was very, very happy indeed. But he was utterly unaware of the passing of time, and he never had any longing for the beloved ones he had left behind in his native land. Always he remained young, even as young as he was when he had come to the Land of the Fairies, and always he enjoyed the very best of health; never an ailment, not even the least bit of a headache. He lived in peace and in quiet, ever finding delight in the beautiful flowers and the pure sweet air of Fairyland. And he was as glad and contented as though he had sojourned in blessed Paradise. He had found Youth Without Age and Life Without Death.

Atunci descălică și intră în palat. Acolo găsi încă două femei, una ca alta de tinere; erau surorile cele mai mari. El începu să mulțumească zânei pentru că l-a scăpat de primejdie; iară ele, de bucurie, gătiră o cină plăcută și numai în vase de aur. Calului îi dete drumul să pască pe unde va voi dânsul; pe urmă îi făcură cunoscuți tuturor lighioanelor, de puteau îmbla în tihnă prin pădure.

Femeile îl rugară să locuiască de aci înainte cu dânsele, căci ziceau că li se urâse, șezând tot singurele; iară el nu aștepta să-i mai zică o dată, ci priimi cu toată mulțumirea, ca unul ce aceea și căuta.

Încet, încet, se deprinseră unii cu alții, își spuse istoria și ce păți până să ajungă la dânsele, și nu după multă vreme se și însoți cu fata cea mai mică. La însoțirea lor, stăpânele casei îi deteră voie să meargă prin toate locurile de primprejur, pe unde va voi; numai pe o vale, pe care i-o și arătară, îi ziseră să nu meargă, căci nu va vi bine de el; și-i și spuseră că acea vale se numea Valea Plângerii.

Petrecu acolo vreme uitată, fără a prinde de veste, fiindcă rămăsese tot așa de tânăr, ca și când venise. Trecea prin pădure, fără să-l doară măcar capul. Se desfăta în palaturile cele aurite, trăia în pace și în liniște cu soția și cumnatele sale, se bucura de frumusețea florilor și de dulceața și curățenia aerului, ca un fericit.

Oftentimes he would go a-hunting. One fine day it befell that he was chasing a hare. He shot off an arrow at the animal, but he missed it. He then shot off another arrow, but he missed it again. He was provoked, and he let fly a third arrow, and this time he hit the animal and killed it. But the Prince had not noticed that in his eager pursuit of the flying hare, he had entered the Vale of Tears, worse luck!

The Prince was wending his way homeward with the dead hare when lo! his soul was suddenly filled with great sadness, and he was seized with a tremendous longing to see his father and his mother once more. He dared not speak of this to the fairies, but the very moment he appeared before them, they noticed the change that had come over him, and at once they knew what had happened, and in great pain and terror they cried out:

"Oh, luckless man that you are! You have entered the Vale of Tears!"

"Yes, it was very foolish in me, I own. I did not mean to, but there is no help for it now, for I am pining away with yearning to see my beloved parents again. Surely, it is very hard for me to tear myself away from you. I have spent a few exceedingly pleasant days here, and I have been very, very happy indeed. But I must go now, and when I have seen my dear parents once more, I will come back, never to leave you again!"

"No, do not forsake us, dearest! Your parents died centuries and centuries ago, and you will never return if you go away! Remain here, for we have a foreboding that if you leave us, you will perish, and we shall never, never see you any more."

The three maidens begged ever, ever so hard, and the winged steed too besought him to stay, but it was all to no purpose. The Prince could not resist the great longing which had come upon him so suddenly, burning his very heart out of him and leaving him no rest.

Ieşea adesea la vânătoare; dar, într-o zi, se luă după un iepure, dete o săgeată, dete două şi nu-l nimeri; supărat, alergă după el şi dete şi cu a treia săgeată, cu care îl nemeri; dară nefericitul, în învălmăşeală, nu băgase de seamă că, alergând după iepure, trecuse în Valea Plângerii.

Luând iepurile, se întorcea acasă; când, ce să vezi d-ta? deodată îl apucă un dor de tată-său şi de mumă-sa. Nu cuteză să spuie femeilor măiestre; dară ele îl cunoscură după întristarea şi neodihna ce vedea într-însul.

– Ai trecut, nefericitule, în Valea Plângerii! îi ziseră ele, cu totul speriate.

– Am trecut, dragele mele, fără ca să fi voit să fac astă neghiobie; şi acum mă topesc d-a-n picioarele de dorul părinţilor mei, însă şi de voi nu mă îndur ca să vă părăsesc. Sunt de mai multe zile cu voi şi n-am să mă plâng de nici o mâhnire. Mă voi duce dară să-mi mai văz o dată părinţii şi apoi m-oi întoarce, ca să nu mă mai duc niciodată.

– Nu ne părăsi, iubitule; părinţii tăi nu mai trăiesc de sute de ani, şi chiar tu, ducându-te, ne temem că nu te vei mai întoarce; rămâi cu noi; căci ne zice gândul că vei pieri.

Toate rugăciunile celor trei femei, precum şi ale calului, n-a fost în stare să-i potolească dorul părinţilor, care-l usca pe d-a-ntregul.

At length his trusty steed said to him:

"Listen, dear master, I have something I want to say to you. It is this. I will carry you back home, but only if you agree to take my advice. If you do not, you will fare badly, and it will be your own fault, I warn you. Now, my good master, do you agree to take my advice?"

At this the Prince said: "Well, my good friend, I agree to take your advice, and I thank you from the bottom of my heart! And now, let me hear what you have to say! Speak!"

"This is what I have to say, good master! I'll take you home, and when we have reached your father's palace, you may get off, but that done, you must instantly get on again, if you would return with me; for I may not bide there a single moment! If you tarry but one instant, I shall have to come back without you, even though it should break my heart!"

"So be it then!" cried the master. "let's be off! Hasten!"

Having made ready for the journey, the Prince embraced and kissed the three fairies, who stood upon the staircase of the palace sobbing and weeping hitter tears; and then he swung himself on his faithful steed, and waving a last farewell to the maidens, away he galloped.

The Prince, having travelled for quite a long time, finally came to the Land of the Scorpion, but he was amazed to see that it was utterly different from what it was when he had last passed through it. Where there had been naught but wilderness and great big forests, he now saw cultivated fields and pretty little villages and beautiful large cities. And he asked the natives about the Scorpion and about her palace; but they laughed outright at him and replied that, sure enough, they recalled having heard that their great-grandparents had heard that their great-grandparents had heard tell of things like those, but that folk no longer believed snch foolish yarns nowadays.

În cele mai de pe urmă, calul îi zise:

— Daca nu vrei să mă asculţi, stăpâne, orice ţi se va întâmpla, să ştii că numai tu eşti de vină. Am să-ţi spui o vorbă, şi daca vei priimi tocmeala mea, te duc înapoi.

— Primesc, zise el cu toată mulţumirea, spune-o!

— Cum vom ajunge la palatul tatălui tău, să te las jos şi eu să mă întorc, de vei voi să rămâi măcar un ceas.

— Aşa să fie, zise el.

Se pregătiră de plecare, se îmbrăţişară cu femeiele şi, după ce-şi luară ziua bună unul de la altul, porni, lăsându-le suspinând şi cu lacrămile în ochi. Ajunseră în locurile unde era moşia Scorpiei; acolo găsiră oraşe; pădurile se schimbaseră în câmpii; întrebă pre unii şi pre alţii despre Scorpie şi locuinţa ei; dar îi răspunseră că bunii lor auziseră de la străbunii lor povestindu-se de asemenea fleacuri.

"But this cannot be possible," cried the Prince hotly, "why, only day before yesterday did I pass by hereabouts!" And then he told them all that had happened to him, from first to last. However, the natives only laughed at him all the more, convinced that he was dreaming, or worse still, that he was a raving lunatic escaped from a madhouse. The Prince was angry, and he decided to start out again at once; but he did not notice that during the course of his journey his hair and his beard had turned gray altogether.

Upon reaching the Land of the Woodpecker, the Prince was bewildered when he saw how completely everything had changed since he was there, and he asked the natives questions much like those he had asked in the Land of the Scorpion; but they too laughed right to his face, saying that only foolish folk took any stock in fairytales like those.

The Prince, hard though he tried, could not conceive how it was that those sites had changed so much within a very few days; and beside himself with rage he set forth once more, and he travelled and he travelled until he came at length to his native land. By this time, however, his hair and his beard had become as white as snow, and his beard reached away, way down to his waist, and his limbs were beginning to feel quite feeble and shaky. Here, the cities had changed so much, so much, he recognized them not at all, and new cities had sprung up everywhere! And the people, too, had changed altogether! They no longer looked the way they used to, their dress seemed odd and strange, and he could understand their speech no more; and he felt like a stranger amongst strangers, sad and sorrowful. Finally, he arrived before his father's palace; and lo! it was all, all in ruins, and never a living soul in sight anywhere!

– Cum se poate una ca asta? le zicea Făt-Frumos, mai alaltăieri am trecut pe aici; și spunea tot ce știa.

Locuitorii râdea de dânsul, ca de unul ce aiurează sau visează deștept, iară el, supărat, plecă înainte, fără a băga de seamă că barba și părul îi albise.

Ajungând la moșia Gheonoaiei, făcu întrebări ca și la moșia Scorpiei, și primi asemenea răspunsuri. Nu se putea domiri el: cum de în câteva zile s-au schimbat astfel locurile? Și iarăși supărat, plecă cu barba albă până la brâu, simțind că îi cam tremurau picioarele, și ajunse la împărăția tătâne-său. Aici alți oameni, alte orașe, și cele vechi erau schimbate de nu le mai cunoștea. În cele mai de pe urmă, ajunse la palaturile în cari se născuse.

The Prince dismounted. Then the good steed cried:

"Now, my dear master, get on again at once! Not a single moment may I tarry! I must go! With you, if you so choose! Without you, if I must! Let's be off! Quick!"

But the Prince heeded not the steed's words. He stood gazing and gazing at the ruins, and he did not stir. Then the steed cried again:

"Hasten, good master, hasten, or you are lost! Not another instant may I bide! Hasten, I beseech you!"

But the Prince would not listen to his loyal steed, and with tears in his eyes he said:

"Good-bye then, my good friend! I must stay here a little while yet. I shall follow you soon, and expect to be back with you ere long."

At this, the winged steed cast a sad and pitiful look upon the Prince, and then he cried, "Farewell, dear master! Forever and ever, farewell!" and swift as thought away he darted, and in the twinkling of an eye he had vanished from out of sight, never to come back any more.

Still the Prince stood staring at the ruins of his father's palace, and, his breast heaving with sighs and bitter tears rolling down over his face, he tried to recall how magnificent the palace had once been, and how happy he had been there when a little child. He took several turns through the palace, walking from chamber to chamber, and everything, every nook and corner, called back to his mind the things of the past now gone for ever and ever. He then visited the stables, where he had first found his beloved steed. Finally, he thought he would go down into the cellar; but the door leading to it was all blocked up with stones and rubbish from the tumbled ruins, and he crawled in on all fours through a breach in the wall.

Cum se dete jos, calul îi sărută mâna și îi zise:

– Rămâi sănătos, că eu mă întorc de unde am plecat. Daca poftești să mergi și d-ta, încalecă îndată și aidem!

– Du-te sănătos, că și eu nădăjduiesc să mă întorc peste curând.

Calul plecă ca săgeata de iute.

Văzând palaturile dărămate și cu buruieni crescute pe dânsele, ofta și, cu lacrămi în ochi, căta să-și aducă aminte cât era odată de luminate aste palaturi și cum și-a petrecut copilăria în ele; ocoli de vreo două-tei ori, cercetând fiecare cămară, fiecare colțuleț ce-i aducea aminte cele trecute; grajdul în care găsise calul; se pogorî apoi în pivniță, gârliciul căreia se astupase de dărămăturile căzute.

His hoary beard by now reached away, way down to his knees, and he could scarcely walk, for his legs were tottering and unsteady. He groped about in the dark, raising his feeble eyelids with his trembling fingers, and he searched and searched and searched everywhere in the cellar, but naught could he find. At last, he made out something that looked to him like an old dilapidated chest. He opened it, but it was altogether empty. He then lifted up the lid of a small box that was inside the chest; and from out of it came forth a small cracked voice, like that of an old, old man, and it called out to him in the faintest whisper:

"Welcome home, my Prince! Very glad to see you! Happy you have come back at last! It was high time indeed! Oh, the many, many weary years I have been waiting and waiting and waiting for you! Had you tarried but a little while longer, I should myself have perished, never a doubt about that!"

It was the Prince's Death-angel that had thus spoken! During the course of centuries and centuries of long and wearisome waiting for the return of the Prince from the Land of Youth Without Age and Life Without Death, the Angel had grown very, very old indeed, and he had withered and dried up, and he had shrunk and shrivelled, until he was now no larger than a nail, worse luck! And the wizened hoary Death-angel suddenly gave the Prince a tap on his head, a very, very gentle tap, barely touching him. And all at once the Prince fell in a heap down upon the floor of the cellar; dead; and forthwith his body crumbled into dust, which went to join the dust and rubbish of the palace where, ages and ages ago, his father, upon the day he was born, had promised him Youth Without Age and Life Without Death.

Căutând într-o parte și în alta, cu barba albă până la genunchi, ridicându-și pleoapele ochilor cu mâinile și abia umblând, nu găsi decât un tron odorogit; îl deschise, dară în el nimic nu găsi; ridică capacul chichiței, și un glas slăbănogit îi zise:

– Bine ai venit, că de mai întârziai, și eu mă prăpădeam.

O palmă îi trase Moartea lui, care se uscase de se făcuse cârlig în chichiță, și căzu mort, și îndată se și făcu țărână.

Iar eu încălecai p-o șea și vă spusei dumneavoastră așa.

THE ENCHANTED PRINCE
Porcul cel Fermecat

There was once a King, and he had three daughters. One day he sent for them and said:

"My dear daughters, the enemy has raised a large army and is marching against me, and I am compelled to take up the sword in defence of my country. I am much grieved to have to leave you. Now, mind, be good while I am away and take good care of the house. You may walk about in the garden wheresoever you please and you may enter any chamber in the palace; but one chamber, the one away down at the end of the corridor to the right, you must not enter, for it will go ill with you, if you do."

"You need not worry, father dear," replied the girls, "we always have obeyed your commands. You may leave without fear. And may Heaven grant you victory, and may you soon be back with us once more."

The maidens then, shedding bitter tears, kissed his hands and wished him godspeed. And the King reminding them again of his warning, gave his eldest daughter the keys to the rooms, and bidding them a last farewell, swung himself upon his war-steed, and away he galloped.

But the King's daughters felt very sad and lonesome; they hardly knew what to do with themselves. So, to while away the time, they decided to work and to read part of the day, and to spend the other part strolling about in the garden. And they did so, and all went well with them.

But the Evil One envied their peace of mind, and it was not long before he began to tempt the maidens and to whisper wicked counsel into their ears; and one day, when they were in the corridor, the eldest of them said:

"My dear sisters, the livelong day we do naught but spin and sew and read. There is not a place in the garden we have walked about in it a hundred times. We know every nook and corner in the palace. We have visited all the rooms and seen every single blessed thing in them a thousand times, until we know everything by heart. There is only one room we have not seen. That room yonder which father forbade us to enter. Now girls, wouldn't you like to havea look at it?"

A fost odată ca niciodată etc.

A fost odată un împărat și avea trei fete. Și fiind a merge la bătălie, își chemă fetele și le zise:

— Iacă, dragele mele, sunt silit să merg la război. Vrăjmașul s-a sculat cu oaste mare asupra noastră. Cu mare durere mă despart de voi. În lipsa mea băgați de seamă să fiți cu minte, să vă purtați bine și să îngrijiți de trebile casei. Aveți voie să vă preîmblați prin grădină, să intrați prin toate cămările casei: numai în cămara din fund, din colțul din dreapta, să nu intrați, că nu va fi bine de voi.

— Fii pe pace, tată, răspunseră ele. Niciodată n-am ieșit din cuvântul dumitale. Du-te fără grije, și Dumnezeu să-ți dea o izbândă strălucită.

Toate fiind gata de pornire, împăratul le dete cheile de la toate cămările, mai aducându-le aminte încă o dată povețele ce le deduse, și-și luă ziua bună de la ele.

Fetele împăratului, cu lacrămile în ochi, îi sărutară mâna, îi poftiră biruință; iar cea mai mare din ele priimi cheile din mâna împăratului.

Nu se știa ce să se facă, de mâhnire și de urât, fetele, când se văzură singure. Apoi, ca să le treacă de urât, hotărâră ca o parte din zi să lucreze, o parte să citească și o parte să se plimbe prin grădină. Așa făcură și le mergea bine.

Vicleanul pizmuia pacea fetelor și-și vârî coada.

— Surioarele mele, zise fata cea mare, câtu-i ziulica de mare toarcem, coasem, citim. Sunt câteva zile de când ne aflăm singure, n-a mai rămas nici un colț de grădină pe unde să nu ne fi plimbat. Am intrat prin toate cămările palatului tatălui nostru, și am văzut cât sunt de frumos și bogat împodobite; de ce să nu intrăm și în cămara aceea, în care ne-a oprit tatăl nostru de a intra?

"Good Havens, sister, how can you!" cried the youngest maiden. "I am astonished that such an idea could ever have entered your mind! Do you really mean to break our dear father's command! Doubtless, father knew what he was about, he must have had a good reason when he told us not to go in!"

Said the second maiden, mockingly: "Surely, sister dear, the sky will fall down upon us and destroy us all, will it not? Dragons will eat us up, or other such fearsome monsters! Horrid old giants will kidnap us! Anyway, what harm can there be in it? Father will never know!"

And before they were aware of it they found themselves at the end of the corridor right before that very room, and the eldest maiden suddenly thrust the key into the key-hole and giving it a little turn, snap! the door stood wide open, and the three sisters quickly entered the forbidden chamber.

But lo! what should they see! The room was quite bare! Never a single stick of furniture - except a large table. It stood right in the middle of the room. And spread upon the table was a very precious tablecloth made altogether out of gold, and upon the tablecloth lay a great big book also made altogether out of gold, and the book was open.

The maidens were dumfounded. And they were curious, too. They very much wished to know what was written in the book. The eldest sister went up first, and this was what she read

"The King's eldest daughter will wed the son of a King from the East."

The second maiden went up next, and she turned over the page, and this was what she read:

"The King's second daughter will wed the son of a King from the West."

– Vai de mine, leliță, zise cea mai mică, mă mir cum ți-a dat în gând una ca aceasta, ca să ne îndemni dumneata să călcăm porunca tatălui nostru. Când tata a zis să nu intrăm acolo, trebuie să fi știut el ce a zis și pentru ce a zis să facem așa.

– Că doară nu s-o face gaură în cer d-om intra, zise cea mijlocie. Că doară n-or fi niscaiva zmei să ne mănânce, ori alte lighioane. Ș-apoi de unde o să știe tata dacă noi am intrat au ba?

Tot vorbind și îndemnându-se, ajunseră tocmai pe dinaintea acelei cămări; cea mai mare din surori, care era păstrătoarea cheilor, băgă cheia în broasca ușei și, întorcând-o nițel, scârț! ușa se deschise.

Fetele intrară.

Când colo, ce să vază? Casa n-avea nici o podoabă; dară în mijloc era o masă o masă mare cu un covor scump pe dânsa, și dasupra o carte mare deschisă.

Fetele, nerăbdătoare, voiră a ști ce zicea în cartea aceea. Și cea mare înaintă și iată ce ceti:

"Pe fata cea mare a acestui împărat are s-o ia un fiu de împărat de la răsărit. "

Merse și cea mijlocie și, întorcând foaia, ceti și ea:

"Pe fata cea mijlocie a acestui împărat are s-o ia un fiu de împărat de la apus ".

The three sisters were very much amused, and they laughed and jested, making a great hubbub and having a splendid time of it. But the youngest maiden absolutely refused to step up near to the table. Her sisters, however, would not let her alone. And willy nilly go up she did, just to have a wee little peep at the book. And she turned over the page, and this was what she read:

"The King's youngest daughter will wed a PIG."

A thunderbolt crashing down from out of a blue sky could not have hurt the poor little girl worse than did what she had read in the book. She fainted away, and had not her sisters held her up, she would have fallen down upon the floor and broken her head, as sure as fate.

When the maiden had recovered from her swoon, her sisters tried to comfort her. Said the eldest:

"Well, I never! How on earth can you believe such foolish stuff! Has anybody ever heard of a King's daughter marrying a Pig, anyhow? Cheer up, sweetheart!" And the second eldest said:

"Why, what a child you are, sister, to be afraid! Suppose the loathsome beast should happen to come for you! Father has plenty of soldiers to protect you against him and against all the pigs of the world!"

The poor girl would fain have believed what her sisters were saying to her, but somehow or other she could not find it in her heart to do so. All the time her thoughts were on the book, and this book said that the lot of her sisters was to be so very, very beautiful, whereas for herself it foretold such a sad fate as had never yet befallen any girl since the beginning of creation. Besides, she could not but think that misfortune would overtake her because she had failed to pay heed to the warning of her beloved father.

Râseră fetele şi se veseliră, hihotind şi glumind între ele. Fata cea mică însă nu voia să se ducă.

Cele mai mari nu o lăsară în pace, ci, cu voie, fără voie, o aduse şi pe dânsa lângă masă, şi cam cu îndoială întoarse şi ea foaia şi ceti:

"Pe fata cea mică a acestui împărat are s-o ia de soţie un porc".

Trăsnetul din cer de ar fi căzut, nu i-ar fi făcut mai mult rău ca ceea ce i-a făcut citirea acestor vorbe. P-aci, p-aci era să moară de mâhnire. Şi daca n-o ţineau surorile, îşi şi spărgea capul căzând.

După ce se dezmetici din leşinul ce-i venise de inimă rea, începură s-o mângâie surorile.

— Ce! îi ziseră, mai crezi şi tu la toate alea! Unde ai mai pomenit tu ca o fată de împărat să se mărite după un porc?

— Ce copilă eşti! îi zise cealaltă, dară tata n-are destulă oştire să te scape, chiar când s-ar întâmpla să vie să te ceară un dobitoc aşa de scârbos?

Fata cea mică a împăratului ar fi voit să se înduplece a crede cele ce îi spuneau surorile; dară n-o lăsa inima. Gândul ei era mereu la cartea care spuse că norocul celorlalte surori era să fie aşa de frumos şi numai ei îi spusese că o să i se întâmple ceea ce nu se mai auzise până atunci pe lume. Şi apoi o rodea la ficaţi călcarea poruncii tatălui lor.

She began to pine away, and ere long she had changed so much that folks scarcely knew her. She had been a buxom and cheerful lassie; but now, alas! she was naught but skin and bones, and she felt so unhappy that nothing could suit her fancy any more. No longer did she play with her sisters, nor did she go a-gathering flowers in the garden to bedeck her beautiful hair withal, nor yet did she join them in song when she sat spinning or sewing by the fireside with them.

In the meantime, the King had conquered the enemy and restored peace to his country. Throughout the war his thoughts had ever been with his beloved daughters, and now he was most anxious to see them again; so he made haste and returned as soon as he could. Thousands and thousands and thousands of people with drums and fifes went forth to meet him, happy and rejoicing all of them that their King was coming back home at last, triumphant and crowned with victory.

Upon his arrival at the capital, the King first of all returned thanks to Heaven for having aided him in putting down the dangerous foe. He then betook himself to the palace, and he was overwhelmed with joy when he at last saw his beloved daughters again.

But though his youngest daughter was doing her very best to conceal her great sorrow from him, her father at once perceived that during his absence the maiden had fallen away and grown thin, and that she was very sad and sorrowful. And it was as though a red-hot iron had pierced his heart through and through when the thought struck him that his daughters might have broken his command and entered the forbidden chamber while he was away. And the worst of it all was that it was even as he suspected!

206

Ea începu a lâncezi. Şi numai în câteva zile aşa se schimbase, încât nu o mai cunoşteai; din rumenă şi veselă ce era, ajunsese de se ofilise şi nu-i mai intra nimeni în voie. Se ferea de a se mai juca cu surorile prin grădină, d-a culege flori ca să le puie la cap şi d-a cânta cu toatele când erau la furcă, ori la cusătură.

Între acestea, tatăl fetelor, împăratul, făcuse o izbândă cum nu se aştepta, biruind şi gonind pe vrăjmaş. Şi fiindcă gândul îi era la fiicele sale, făcu ce făcu şi se întoarse mai curând acasă. Lumea după lume ieşise întru întâmpinarea lui, cu buciume, cu tobe şi cu surle, înveselindu-se că împăratul se întorcea biruitor.

Cum ajunse, până a nu merge acasă, împăratul dete laudă Domnului că-i ajutase asupra protivnicilor carii se sculase asupra lui, de-i înfrânse. Apoi, mergând acasă, fiicele îi ieşiră înainte. Bucuria lui crescu când văzu că fetele îi erau sănătoase. Fata cea mică se feri cât putu a nu se arăta tristă.

Cu toate astea, nu după mult timp, împăratul băgă de seamă că fie-sa cea mică din ce în ce slăbea şi se posomora. Îndată îi trecu un fier ars prin inimă, gândindu-se că poate i-au călcat porunca. Şi de unde să nu fie aşa?!

However, to make sure, he summoned the maidens before him and bade them tell the whole truth. They owned up, but they were careful not to give away which one of them had been the tempter. Now, when he saw how things stood, he felt a sharp pang deep down in his heart, and he was well-nigh consumed with sorrow. But he succeeded in mastering his feelings at once, for he saw only too clearly that his darling daughter was dying away little by little; and he did whatsoever he could to solace and comfort her. Well he knew that what was once done could not possibly be undone, and that to blame and scold his daughters now that the mischief was wrought would not mend matter the least bit.

Already they were beginning to forget all about the unfortunate affair when one fine day there appeared before the King a Prince from the East, and he asked for the hand of his eldest daughter. And right glad was the King to give her to him. A most magnificent wedding was celebrated, and three days after, the bride was escorted in state even as far as the frontier of the realm. And shortly afterwards the same thing happened to the King's second daughter, only it was a Prince from the West that had come to ask her in marriage.

As the youngest maiden saw that things were falling out just exactly as it was written down in that great big book in which she had read, she became very, very sad indeed. She would no longer eat, nor dress up in her fine clothes, nor would she go out walking any more. In fact, she was determined to let herself die rather than be a Pig's wife and become the laughing-stock of the whole world. Her father, however, would give her no leisure to commit such a sinful deed, and he did whatever lay in his power to comfort her with all sorts of good advice and counsel.

Ca să se încredințeze, își chemă fetele, le întrebă, poruncindu-le să-i spuie drept.

Ele mărturisiră. Se feriră însă d-a spune care din ele fusese îndemnătoarea.

Cum auzi împăratul una ca aceasta se tânguia în sine cu amar, și cât p-aci era să-l biruie mâhnirea. Își ținu însă firea și căuta a-și mângâia fata care vedea că se pierde. Ce s-a făcut, s-a făcut; văzu el că o mie de vorbe un ban nu face.

Începuse a se cam uita întâmplarea aceasta, când, într-o zi, se înfățișe la împăratul fiul unui împărat de la răsărit și-i ceru de soție pe fata cea mai mare. Împăratul i-o dete cu mulțumire. Făcură nuntă înfricoșată și peste trei zile o petrecu cu cinste mare până la otar. Peste puțin, așa făcu și cu fata cea mijlocie, pe care o ceruse un fiu de împărat de la apus.

Cu cât vedea că se împlinesc întocmai cele scrise în cartea ce citise, cu atâta fata împăratului se întristă și mai mult. Ea nu mai voia să mănânce, nu se mai gătea, nu mai ieșea la plimbare; voia să se lase să moară mai bine, decât să ajungă de batjocura lumii. Dară împăratul nu-i da răgaz să puie în lucrare o faptă așa de nelegiuită, ci o mângâia cu fel de fel de povețe.

However, only a short space of time had gone by when mercy behold! one day the King suddenly found himself face to face with a great big Pig who had entered the palace nobody knew when or how, and who, addressing the King most courteously, said:

"All hail, oh King! May you ever be even as happy and joyous as a sunrise on a beautiful clear day!"

Said the King, dumfounded:

"Welcome and good health to you, my friend, but what wind has brought you hereabouts, pray?"

"I have come to woo your daughter, oh noble King!" replied the Pig.

The King was much astonished to hear the Pig use such fine language, and it at once occurred to him that there must be some sorcery behind all that. Of a truth, he would have preferred by far not to give his daughter to the Pig, but when he saw that the palace-yard and the adjoining streets as well were all alive with pigs, which had come along with the wooer, he saw there was nothing for it but to promise the maiden to him. The Pig, however, was not contented with that, but he inisted that a day be set right then and there, and so it was decided that the wedding take place in a week's time. And it was only when the King had pledged him his word of honor that the Pig departed.

The King advised the unhappy maiden to submit to her sad fate, saying:

"My dear daughter, the speech as well as the bearing of this Pig are not at all those of an animal, and I cannot bring myself to believe that he really and truly is a Pig. There is witchcraft behind all this, sure enough, or such-like deviltry. You must behave well towards him and mind every word he says. It is God's will: surely, he will not allow you to suffer long."

Mai trecu ce mai trecu și iată, măre, că într-o zi împăratul se pomenește cu un porc mare că intră în palatul lui și-i zice:

— Sănătate ție, împărate; să fii rumen și voios ca răsăritul soarelui într-o zi senină!

— Bine ai venit sănătos, prietene. Dar ce vânt te aduce pe la noi?

— Am venit în pețit, răspunse porcul.

Se miră împăratul când auzi de la porc așa vorbe frumoase și îndată își dete cu părerea că aci nu putea să fie lucru curat. Ar fi voit s-o cârmească împăratul spre a nu-i da fata de soție; dară după ce auzi că curtea și ulițile geme de porci, care venise cu pețitorul, n-avu încotro și-i făgădui. Porcul nu se lăsă numai pe făgăduială, ci intră în vorbă și se hotărî ca nunta să se facă peste o săptămână. Numai după ce priimi cuvânt bun de la împăratul, porcul plecă.

Până una alta, împăratul își povățui fata să se supuie ursitei, daca așa a voit Dumnezeu. Apoi îi zise:

— Fata mea, cuvintele și purtarea cea înțeleaptă a acestui porc nu este de dobitoc; o dată cu capul nu crez eu ca el să se fi născut porc. Trebuie să fie vreo fermecătorie sau vreo altă drăcie aci. Însă tu să fii ascultătoare, să nu ieși din cuvântul lui; căci Dumnezeu nu te va lăsa să te chinuiești mult timp.

"Well, father dear, if you think it is for the best," replied the maiden, "I will obey you. I will put my trust in God, and may he do with me whatever he chooses. It is my fate, and I see that there is no help for it."

Meanwhile the day set for the wedding had arrived, and a very, very quiet wedding indeed it was. And then the Pig got into a royal coach with his bride, and off for home he started. On the way it befell that they came upon a bog. The Pig ordered the coach stopped, and having alighted he wallowed right straight through the bog, and came out from it covered up with mud from head to foot. He then got into the coach again, and he asked the bride to please give him a kiss! Now, what on earth was the poor helpless girl to do? Well, she decided to heed the advice her father had given her. She pulled out her handkerchief, and with it she wiped the Pig's snout. And that done, she gave him a kiss.

When at last they reached the Pig's house, which stood in a great big forest, darkness was falling down upon the world; they first rested themselves awhile, then they took supper together, and finally they retired! But during the night the princess noticed that her husband was a man and not at all a Pig! Just fancy her surprise and her joy! And recalling her father's words, she began to take heart again, full of hope and trust in God's kindness.

Now, the fact was the Pig had shed his skin in the evening, without the girl's noticing it, and in the morning before she awoke, he had put it on again!

Thus passed one night, and then another, and then still another, and the princess could not make out how it was that her husband was a man by night and a Pig in the daytime Sure enough, she thought, there must be witchcraft behind all that a cruel spell must have been cast upon the poor man!

— Dacă dumneata, tată, găsești cu cale așa, răspunse fata, te ascult și-mi pui nădejdea în Dumnezeu. Ce o vrea el cu mine! Așa mi-a fost triștea; văz eu că n-am încotro.

Între acestea sosi și ziua nunții. Cununia se făcu cam pe sub ascuns. Apoi, puindu-se porcul cu soția sa într-o căruță împărătească, porni la dânsul acasă.

Pe drum trebuia să treacă pe lângă un noroi mare; porcul porunci să stea căruța; se dete jos și se tăvăli în noroi, până se făcu una cu tina, apoi, suindu-se, zise miresei să-l sărute. Biata fată, ce să facă? Scoase batista, îl șterse nițel la bot și-l sărută, gândindu-se să asculte povețile tatălui său.

Când ajunseră acasă la porc, care era într-o pădure mare, se și înseră. Șezură nițel de se odihniră de drum, cinară împreună și se culcară. Peste noapte, fata împăratului simți că lângă ea era un om, iară nu un porc. Se miră. Însă își aduse aminte de cuvintele tătâne-său și începu a mai însufleți, plină de nădejde în ajutorul lui Dumnezeu.

Porcul seara se dezbrăca de pielea de porc, fără să simtă fata, și dimineața, până a nu se deștepta ea, el iară se îmbrăca cu dânsa.

Trecu o noapte, trecură două, trecură mai multe nopți și fata nu se putea domiri cum se face de bărbatu-său ziua este porc și noaptea om. Pasămite el era fermecat, vrăjit să fie așa.

In time she became quite fond of her husband, and a baby was to be born to them. She was much worried, though, because she knew not what the baby was going to be like. One day she saw an old witch woman pass by thereabouts. Now, it was a very long time since she had seen human beings, and she felt rather lonesome; so she called the woman in, just for the sake of having a friendly little chat with her. The old sorceress told her she knew how to tell fortunes, and how to heal the sick, and many other witcheries of that kind. But the princess said to her:

"Bless you, mother, but can you tell me please, how comes it that my husband is a Pig by day and a human being in the night-time?"

And the old hag said:

"I was just going to tell you all about this, mother's own dear little lamb, because not for nothing am I a soothsayer. Do but let little mother give you a remedy, and it will break the charm, surely."

"Do so dear little mother, and I shall give you all the money you may ask. It is growing quite irksome for me to live with him as I do! Indeed it is!"

"Well, take this piece of string here, mother's blessed little lamb, but be sure and let him know nothing about it, or it will lose its charm. Get up softly in the night, when he is fast asleep, and then gently - very gently, tie the string around his left foot as taut as ever you can; and you will see, my sweet little dove, that in the morning he will stay a human being. But money I will have none, my little darling; I shall feel amply repaid when I hear that you have escaped from your misfortune. Believe me, my poor little flower, my heart bleeds with pity for you, and I am ever so sorry I did not learn of your trouble sooner, or I should have hastened to your assistance ere this."

Mai târziu începu a prinde dragoste de dânsul, când simți rodurile căsătoriei; atât numai se mâhnea că nu știa ce o să dea lumii peste câteva luni. Când, într-o zi, văzu trecând pe acolo o babă cloanță vrăjitoare.

Ea, care nu văzuse oameni de atâta mare de timp, era jinduită, și o chemă să mai vorbească cu dânsa câte ceva. Vrăjitoarea îi spuse că știe să ghicească, să dea leacuri și câte nagode toate.

– Așa să trăiești, bătrânico, ia spune-mi, d-a minune ce are bărbatu-meu de este ziua porc și noaptea, când doarme lângă mine, îl simț că este om?

– Ceea ce-mi spui, puica mamii, eram să ți-o spui eu mai înainte, căci nu de surda sunt ghicitoare. Să-ți dea mămulica leacuri cari să-i taie farmecele.

– Dă-mi zău, mămușoară, și ți-oi plăti cât mi-i cere, că mi s-a urât cu el așa.

- Ține icea, puișorul mamei, ața aceasta. Să nu știe el de dânsa, că n-are leac. Să te scoli când doarme el, binișor, și să i-o legi de piciorul stâng, cât se poate de strâns, și să vezi, draga babii, că dimineața rămâne om. Parale nu-mi trebuie. Eu voi fi destul de plătită când voi afla că o să scapi de așa urgie. Mi se rupe, uite, băierile inimii de milă pentru dumneata, bobocelul mamei, și mă căiesc, mă căiesc, cum de să nu aflu mai dinainte, ca să-ți viu întru ajutor.

The old hag of a witch having left, the King's daughter carefully concealed the piece of string, and during the night she rose so softly, so softly that even the hobgoblins themselves could not have heard her; and her heart going pit-a-pat, pit-a-pat, she bound the string round her husband's left foot, But just as she was on the point of tying the knot, he woke up with a start, and he cried:

"Woe is me, what have you done! The time has not yet come to break the charm! Who is it has put you up to this? The old witch, sure enough! Three more days only, the spell would have been broken, and I should have escaped from these foul sorceries! And now—woe is me!—who knows how long I shall yet have to wear this loathsome pigskin! I may bide with you no longer! I must hence, and never, never shall you see me again, unless you have worn out three pairs of iron sandals and a steel staff in search of me. Farewell, for ever and ever!" And with this, the Enchanted Prince vanished clean out of her sight.

When she found herself alone, the poor girl was well-nigh crazed with grief. She fell a-weeping and a-wailing most pitifully, and she called down all the curses from Heaven upon the head of the wretched witch woman who had given her such wicked counsel. But never any good came of all this, and when at last she realized that all her weeping and wailing were utterly useless, she rose from her bed and set forth she knew not whither, trusting that Heaven's mercy and her great love as well might help her find her dear husband again.

She wandered about for a very long time, and finally came to a city, and she got herself three pairs of iron sandals and a staff made out of steel; and then having made ready for her journey, she set out to seek for the man she loved so dearly. On and on and on she travelled. Nine seas and nine continents did she cross. She hewed her way through dense virgin forests, and she dragged herself along, stumbling over fallen tree-trunks, her face and her hands and knees torn and bruised and bleeding. Yet, on and on and on she went, and never once did she look backwards.

După ce plecă zgripțuroaica de vrăjitoare, fata de împărat ascunse cu îngrijire ața; iară peste noapte se sculă binișor, încât să n-o simță nici măiastrele, și, cu inima tâcâindă, legă ața de piciorul bărbatului său. Când să strângă nodul, pâc! se rupse ața, căci era putredă.

Deșteptându-se, bărbatul speriat îi zise:

— Ce-ai făcut, nenorocito! Mai aveam trei zile, și scăpam de spurcatele astea de vrăji; acum cine știe cât voi mai avea să port această scârboasă piele de dobitoc. Și numai atunci vei da mâna cu mine, când vei rupe trei perechi de opinci de fier și când vei toci un toiag de oțel, căutându-mă, că eu mă duc.

Zise să se făcu nevăzut.

Sărmana fată de împărat, când se văzu singură cuc, unde începu a plânge și a se boci, de ți se rupea inima. Blestema cu foc și pară pe afurisita de ghicitoare. Dară toate în zadar. Dacă văzu că n-o scoate la căpătâi cu tânguirea, se sculă și plecă încotro va duce-o mila Domnului și dorul bărbatului.

Ajungând într-o cetate, porunci de-i făcu trei perechi de opinci de fier și un toiag de oțel, se găti de drum și se porni în călătorie, spre a-și găsi bărbatul.

Se duse, se duse, peste nouă mări, peste nouă țări, trecu prin niște păduri mari cu buștenii ca butia, se poticnea lovindu-se de copacii cei răsturnați și, de câte ori cădea, de atâtea ori se și scula; ramurile copacilor o izbeau peste față, crângurile îi zgâriase mâinile, și ea tot înainta, mergea, și îndărăt nu se uita.

At length, wearied unto death and weighed down with her burden, and, too, overwhelmed with her great sorrow over the loss of her husband, but ever with hope in her heart, she came upon a small cabin that stood in the forest. Just fancy, Moon lived there! She knocked at the little door and begged to be allowed to come in and take a short rest, as she expected her baby to be born to her before long.

Moon's mother felt great pity for the weary wanderer. She made her welcome, and she gave the helpless girl the best possible care in her sorry plight, and then she said:

"How have you who hail from another world ever managed to get as far as this?"

The poor princess told her all that had befallen her, and then she said:

"Heaven be praised for having turned my steps to this place! Ah! how very, very good you have been to me in this my hour of need! But for your help, my baby and I would have perished miserably! Oh! how can I ever repay you for all your kindness! But now I beg of you, do tell me, does your son Moon know where my husband is?"

"I'm ever so sorry, but he does not," answered the good old woman. "But keep on travelling towards the East, sweetheart, and you will find Sun. Perhaps he will he able to tell you."

Then she gave the princess a broiled chicken to eat, and she told her to take good care not to lose a single bone, because she was sure to need every one of them.

Once more the princess thanked her for her kindness and her good counsel. She discarded her sandals, which by now were completely worn out, and put on another pair of iron sandals; and she placed all the chicken bones into a bundle very carefully. And then seizing her staff and taking her wee little baby in her arms, she set out again on the long and wearisome search for her beloved husband.

Când, obosită de drum și de sarcină, abătută de mâhnire și cu nădejdea în inimă, ajunse la o căsuță.

Pasămite acolo ședea sânta Lună.

Bătu la portiță, se rugă să o lase înăuntru să se odihnească nițel, mai cu seamă că îi și abătuse să facă.

Muma sântei Lune avu milă de dânsa și de suferințele sale; o priimi dară înăuntru și o îngriji. Apoi o întrebă:

— Cum se poate ca un om de pe alte tărâmuri să răzbească până aci?

Biata fată de împărat își povesti atunci toate întâmplările și sfârși zicând:

— Mulțumesc mai întâi lui Dumnezeu că mi-a îndreptat pașii către acest loc, și al doilea dumitale, că nu m-ai lăsat să pier la ceasul nașterii. Acum te mai rog să-mi spui, nu care cumva sânta Lună, fiica dumitale, știe pe unde s-ar afla bărbatul meu?

— Nu poate să știe, draga mea, îi răspunse muma sântei Lune, dar du-te încolo, spre răsărit, până vei ajunge la sântul Soare; poate el să știe ceva.

Îi dete să mănânce o găină friptă și îi zise să bage de seamă să nu piarză nici un oscior, că-i va fi de mare trebuință.

După ce mai mulțumi încă o dată de buna găzduire și de povețele cele folositoare și după ce lepădă o pereche de opinci care se spărsese, încălță altele, puse oscioarele găinei într-o legătură, luă în brațe copilașul și toiagul în mână și o porni iarăși la drum.

On and on and on she travelled. She wandered over immense trackless deserts, and so terribly hard was the walking in the deep sand that at every two steps that she took forwards she slipped one step back. Yet, onward and onward she struggled bravely, until at length she had ploughed her way through the vast sandy plains. Then she came upon a long chain of mountains, the summits of which towered away, way over above the clouds, and whenever she stood upon a mountain-peak it seemed to her that she could all but touch the heavens themselves. Up along steep crags she dragged herself, she leaped from boulder to boulder and from ledge to ledge, and over across deep and wide ravines; and oftentimes, to make but a little headway, she had to crawl on all fours, or pull herself up on to the ridges with the aid of her steel staff. The sharp edges of the rocks had bruised her cruelly, and her poor body was all drenched in blood. Every now and then she would halt and take breath, and then starting out afresh, up and up she climbed and climbed, until, utterly spent and wearied unto death, she at length came upon a wonderfully beautiful palace.

Lo! that was the abode of Sun. She knocked at the door and begged to be admitted. Sun's mother bade her welcome. She was amazed that a being hailing from another world had succeeded in reaching Sun's habitation, and she wept for pity when she heard the unfortunate girl tell all that had happened to her. And then, having promised to ask her lad about the husband of the princess, she hid her way down in the cellar, for she feared that upon his return home, Sun might scent her out and kill her. Because, when he came home evenings, her boy was always wroth and angry.

Next day, the King's daughter learned that she had had a very narrow escape, for Sun had indeed smelled that a being from another world was there; but, fortunately, his mother had managed to appease his wrath, beguiling him with fair words, and telling him that it was all his own imagination, mire and simple.

Merse, merse, prin niște câmpii numai de nisip; așa de greu era drumul, încât făcea doi pași înainte și unul înapoi; se luptă, se luptă și scăpă de astă câmpie, apoi trecu prin niște munți nalți, colțoroși și scorboroși; sărea din bolovan în bolovan și din colț în colț. Când ajungea pe câte un piept de munte șes, i se părea că apucă pe Dumnezeu de un picior; și după ce se odihnea câte nițel, iar o lua la drum, și tot înainte mergea. Glodurile, colții de munte, care erau tot de cremene, atât îi zgâriase picioarele, genunchii și coatele, încât erau numai sânge; căci trebuie să vă spun că munții erau nalți, încât întreceau norii, și pe unde nu erau prăpăstii peste care trebuia să sară, nu putea merge altfel decât suindu-se pe brânci și ajutându-se cu toiagul.

În cele de pe urmă, stătută de osteneală, ajunse la niște palaturi.

Acolo ședea Soarele.

Bătu la poartă și se rugă să o priimească. Muma Soarelui o priimi și se mira când văzu om de pe alte tărâmuri pe acolo și plânse de mila ei, când îi povesti întâmplările. Apoi, după ce-i făgădui că va întreba pe fiu-său despre bărbatul ei o ascunse în pivniță, ca să n-o simtă Soarele când o veni acasă, că seara se întoarce totdauna supărat.

A doua zi află fata de împărat că era s-o pață, fiindcă Soarele cam mirosise a om de pe altă lume. Dar mumă-sa îl liniști cu vorbe bune, zicându-i că sunt păreri.

The old woman was so very, very kind that the princess felt a bit heartened, and she said:

"Good gracious, mother, how is it that Sun can he so wrathful—he who is so very beautiful and does so much good to the world?"

"Well," said Sun's mother, "this is how it is. In the morning, he stands at the gate of Paradise, and he is happy, ever so happy, and he smiles upon the whole world. But throughout the day he is full of deep sorrow, because he witnesses all the meanness and vileness of man, and that is why he is so hot and so sweltering. And in the evening, he halts at the gate of Hell, which is the end of his daily journey, and that is the reason he is so terribly wroth and furious when he returns home again."

The good old woman then said: "I have asked my boy about your husband, as I promised I would. But he knows naught of his whereabouts, because it is quite possible that your husband has concealed himself somewhere in the depths of a great big forest, and Sun's rays do not pierce into all the hidden nooks and corners of thick forests. There is but one thing left for you to do. You must go and see Wind and ask him. Maybe he knows."

Then Sun's mother also gave the princess a broiled chicken to eat, and she warned her to he very, very careful and keep all the bones, for she was sure to need every single one of them.

After casting aside the second pair of iron sandals, because by this time she had worn them into holes, the poor girl grasped her staff and the bundle of bones, took the little baby in her arms, and set forth towards the abode of Wind.

But on this journey she met with even greater difficulties than before. Mountains of flint, spouting forth great streams of fire. Great big ice-fields overspread with deep, deep snow. The poor girl came well-nigh perishing. But thanks to her great courage and steadfastness, she overcame all hardships, and at length she reached a cavern in the side of a mountain, which was so great, so great that seven cities could easily have stood therein side by side.

Fiica de împărat prinse curagi când văzu cu câtă bunătate este priimită și întrebă:

— Bine, frate dragă, cum se poate ca Soarele să fie supărat, el care este atât de frumos și face atâta bine muritorilor?

— Iaca pentru ce, răspunse muma Soarelui; el dimineața stă în poarta raiului, și atunci este vesel, vesel și râde la toată lumea. Peste zi este plin de scârbă, fiindcă vede toate necurățiile oamenilor și d-aia își lasă arșița așa de cu zăpușeală; iară seara este mâhnit și supărat, fiindcă stă în poarta iadului; acesta este drumul lui obicinuit, de unde apoi vine acasă.

Îi mai spuse că l-a întrebat despre bărbatul ei și fiu-său îi răspunse că nu știe de seama lui nimic, fiindcă, de va ședea în vro pădure deasă și mare, vederea lui nu poate străbate prin toate colțurile și afundăturile, ci că altă nădejde nu e, decât să meargă la Vânt.

Îi dete și acolo o găină să mănânce și îi zise să păstreze oscioarele cu îngrijire.

După ce lepădă a doua păreche de opinci, car se spărsese și acelea, luă legătura cu oscioarele, copilul în brațe și toiagul în mână și porni spre Vânt.

În calea aceasta întâlni niște greutăți și mai mari, căci dete, una după alta, peste munți de cremene din care țâșnea flacări de foc, peste păduri nemaiumblate și peste câmpii de gheață cu nămeți de zăpadă. P-aci, p-aci, era să se prăpădească, biată femeie; însă, cu stăruința ei și cu ajutorul lui Dumnezeu, birui și aceste greutăți mari, și ajunse la o văgăună care era într-un colț de munte, mare de putea să intre șapte cetăți într-însa.

In that great big cavern was the dwelling-place of Wind, and around it was a fence, and in the fence was a little gate, and at this little gate the princess knocked and begged to be let in. And Wind's mother, taking pity on her, bade her welcome and allowed her to come in and rest herself. And then, even as Sun's mother had done before, she concealed the poor girl, fearing Wind upon his return home might scent her out and kill her.

The following morning the good old woman told the princess that her husband lived in the heart of a great thick forest which the woodman's axe had never yet touched, and that there he had built himself some sort of a cabin out of tree-trunks piled up on top of one another and bound together by means of willow-branches; in which he dwelt all, all alone, because he would escape from the wickedness of man.

And she too gave her a broiled chicken to eat and warned her to keep all the bones; and then she advised her to follow the Milky Way, which nightly encircles the heavens, and to keep right on and on until she reached her goal. With tears of joy in her eyes the princess thanked her for having made her so welcome, and likewise for the glad tidings, and then she set forth once more in quest of her dear husband.

Poor girl, she turned the nights into days, she cared neither for food nor for rest, so very deep was her yearning, and so great her zeal to find the man whom fate had bestowed upon her. And on and on she travelled until she had worn down her last pair of iron sandals; and having cast them aside, she kept on barefooted, never in the least minding bogs or marshes, nor the thorns that tore her feet, nor yet the sharp rocks over which she stumbled again and again as she kept trudging along on her hard and wearisome journey.

Acolo şedea Vântul.

Gardul care o înconjura avea o portiţă. Bătu şi se rugă să o priimească. Muma Vântului avu milă de dânsa şi o priimi să se odihnească. Ca şi la Soare, fu ascunsă, ca să nu o simţă Vântul.

A doua zi îi spuse că bărbatul său locuia într-o pădure mare şi deasă, pe unde nu ajunsese toporul încă; că acolo şi-a făcut un fel de casă, grămădind buşteni unul peste altul şi împletindu-i cu nuiele, unde trăia singur-singurel, de teama oamenilor răi.

După ce îi dete şi aci o găină de mâncă şi îi zise să păstreze oscioarele, muma Vântului o povăţui să se ia după drumul robilor, care se vede noaptea pe cer, şi să meargă, să meargă până va ajunge.

Aşa şi făcu. După ce mulţumi cu lacrămi de bucurie pentru buna găzduire şi pentru vestea cea bună, porni la drum.

Biata femeie nopţile le făcea zi. Nu i se mai alegea nici de mâncare, nici de odihnă, atâta dor şi foc avea să-şi găsească bărbatul pe care ursita i-l dedese.

Merse, merse până ce i se sparse şi opincile aceste. Le lepădă şi începu a merge cu picioarele goale. Nu căuta gloduri, nu băga seamă la ghimpii ce-i intra în picioare, nici la loviturile ce suferea când se împiedica de vreo piatră.

At last, at last, she came to a wonderfully beautiful glade. at the edge of a great big forest, and her heart was cheered a wee bit at sight of the soft green grass and the pretty little flowers. She stopped and rested a short while. But when she saw the lovely little birds cooing and wooing upon the branches of the trees, her heart kindled with great yearning for her husband, and she began to weep most bitterly; and with her tiny wee baby in her arms, and her bundle of chicken-bones slung over her shoulders, off she set once more in quest of the man of her heart's desire.

She entered into the big forest. But never a single look did she cast upon the beautiful green grass that caressed her bare feet; nor upon the pretty little flowers that hid amongst the dense thickets; nor would she listen to the lovely little birds which all but deafened her with their sweet songs. But on and on she stumbled searching in the forest. Never a moment did she stop, because by the tokens Wind's mother had given her, she judged that this was the very forest in which her beloved husband had concealed himself.

For three days and three nights she roamed and roamed all over the vast forest, but naught, naught could she find. So exhausted was she finally with weariness that she fell down on the ground, and lay even where she fell one day and one night, and never once did she stir, nor did she eat or drink during all that time. But at last, gathering all the strength that was left to her, she rose, staggering, to her feet, and leaning upon her steel staff, she tried to walk; but it was all in vain, because the staff had by now become so bent and so crooked that it was of no use whatsoever any longer. Yet, spurred by pity for her tiny wee little baby, who could find no more milk in her breast, and always urged onwards by her yearning for the man she was seeking with such great faith in her heart, she put forth a last effort and set out again as best she could. But scarcely had she taken ten steps when in a thicket not far off she spied a small cabin that looked just exactly like the one described to her by Wind's mother.

În cele de pe urmă ajunse la o poiană verde și frumoasă pe marginea unei păduri. Acum se mai înveseli și sufletul ei, când văzu floricelele și iarba cea moale. Stătu și se odihni nițel. Apoi, văzând păsărelele câte două-două pe rămurelele copăceilor, se încinse focul într-însa de dorul bărbatului său, începu a plânge cu amar și, cu copilul în brațe și cu legătura cu oscioarele pe umăr, porni iarăși.

Intră în pădure. Nu se uita nici la iarba cea verde și frumoasă ce-i mângâia picioarele, nu voia să asculte nici la păsărelele ce ciripeau de te asurzea, nu căuta nici la floricelele ce se ascundeau prin desișurile crângurilor, ci mergea dibuind prin pădure. Ea băgase de seamă că aceasta trebuie să fie pădurea în care locuia bărbatul său, după semnele ce-i spusese muma Vântului.

Trei zile și trei nopți orbăcăi prin pădure și nu putu afla nimic. Atât de mult era ruptă de osteneală, încât căzu și rămase acolo o zi ș-o noapte fără să se miște, fără să bea și să mănânce ceva.

În cele mai de pe urmă, își puse toate puterile, se sculă, și așa, șovăind, cercă să umble sprijinindu-se în toiagul său, dară îi fu cu neputință, căci și acesta se tocise, încât nu mai era de nici o trebuință. Însă de mila copilului, care nu mai găsea lapte la pieptul ei, de dorul bărbatului, pe care îl căuta cu credință la Dumnezeu, porni așa cum putu. Nu mai făcu zece pași și zări către un desiș un fel de casă precum îi spusese muma Vântului.

Thither did she now drag herself, more dead than alive, and she barely had strength enough left to reach it. But never a window did the little cabin have, though it did have a door; but this door, just fancy! was away, way up in the roof! Round and round the little cabin did she go, but no stairs could she find, worse luck. Well, what should the poor girl do now? For enter she must, surely!

So, she thought and thought, and then she thought a wee bit more. She tried to climb up on to the roof, but it was all in vain. She was utterly overwhelmed with grief, and she felt very much like one who is shipwrecked and drowns within sight of shore; when all of a sudden she bethought herself of the little chicken-bones she had been carrying along with her over such great distances. And she said to herself, "It cannot possibly be that I was told to keep the bones just for the mere fun of it! Surely, they should be a great help to me now that I am in sore distress."

Well, she took the little bones from out of the bundle and stopped to think a bit, and then she thought a bit longer, and after that she snatched up two chicken-bones and placed them end to end, and behold! they stuck tight, as though by a miracle then she added another bone, and then still another, and behold! they all stuck fast!

Now, in this way she made two poles, as long as the cabin was high, and then she leaned them against the roof of the cabin, about one hand's length apart from each other. After that, she took the rest of the bones and putting them together endwise, she made a number of short little sticks, and these she laid crosswise upon the two poles, just exactly like the steps of a ladder and as she did so, they all stuck fast. Rung after rung she thus kept putting upon the two uprights, and as she would put one rung in its place. on to it she climbed; and then another rung, and then still another all the time, as long as there were chicken-bones left in the bundle. But just as she had about reached the top of the ladder, lo! she was one little bone short! She could not complete the last rung! Just fancy, she had lost one little chicken-bone, worse luck!

Porni într-acolo și abia, abia ajunse. Acea casă n-avea nici ferestre, nici ușă. Pasămite ușa era pe dasupra. Îi dete ocol. Scară nu era. Ce să facă? Voia să intre.

Se gândi, se răzgândi; se cercă să se suie - în zadar. Sta, sta s-o doboare cu totul întristarea: cum se poate să se lase ea să se înece tocmai la mal. Când, își aduse aminte de oscioarele de găină ce le purtase atâta cale și-și zise: nu se poate să mi se fi zis de florile mărului să păstrez aceste oscioare, ci că îmi va fi de mare ajutor la nevoie.

Atunci scoase oscioarele din legătura ce o avea, se socoti nițel, mai cugetă și, luând două din aceste oscioare, le puse vârf în vârf și văzu că se lipi ca printr-o minune. Mai puse unul, apoi unul, și văzu că se lipiră și acelea.

Făcu deci, din oscioare, doi drugi cât casa de înalți. Îi rezemă de casă la o depărtare de o palmă domnească unul de altul. După aceea puse iarăși căpătâi la căpătâi celelalte oscioare și făcu niște druguleți mici, fiecare puindu-i d-a curmezișul pe drugii cei mari, închipui treptele unei scări; cum punea aceste trepte, se lipeau și ele. Și astfel unul câte unul puse până sus. Cum punea o treaptă, se urca pe ea. Apoi alta, apoi alta, până unde îi ajunse. Când, tocmai sus în vârful scării, nu-i ajungea să mai facă o treaptă.

Ce să facă? Fără astă treaptă nu se putea. Pasămite ea pierduse un oscior.

Well, a fine fix the poor girl was in now! Because, without that last step she could positively do nothing! Stay where she was, on the ladder, she could not, could she? She just had to go in, cost what might! Well, what should she do but set to work and cut off her little finger - her tiny-teeny wee little finger, and she laid it on the rung, and lo! it too stuck fast, just exactly like the chicken-bones before. And then, her little baby in her arms, she climbed up on to the roof and at length made her way into the cabin.

Here she was much surprised at the good order that everywhere met her eyes. Nevertheless, she started tidying up a wee little bit here and there; and then, taking a breath again, she laid the baby in a little trough which she had found in the cabin, and placed the trough upon the bed.

Now when her lost husband, the Pig, came back home and saw that wonderfully strange ladder, he was startled clean out of his wits. He certainly could not believe his own eyes as he gazed upon that ladder made up altogether out of little chicken-bones, except for that tiny-teeny wee rosy little finger on the last rung away up on the top of the ladder. And he was very much afraid that the ladder might turn out to be another piece of witchcraft, and he almost, almost made up his mind to go away again but, as luck would have it, his guardian spirit bade him enter, and he did so.

However, so that no charm might possibly cleave to him, he changed into a little dove, and without so much as grazing the ladder, he soared up above the roof and flew inside the cabin. And what should he see there? A woman, taking care of a little baby in his own house! Very, very near indeed did he come not recognizing her, so much was she changed by the many trials and hardships she had gone through. But all at once he recalled that when he had left her, his wife was about to become a mother. And at the thought of all that she must have endured in order to find him again, he was seized with such great pity and longing for her, that the charm he had been under all these many, many years was suddenly broken, and he forthwith turned into a human being once more.

Să stea acolo, era peste poate. Să nu intre înăuntru îi era ciudă. Se apucă și-și tăie degetul cel mic, și cum îl puse acolo se lipi. Luă copilul în brațe se urcă din nou și intră în casă.

Aci se miră ea de buna rânduială ce găsi. Se apucă și ea și mai deretică oleacă. Apoi mai răsuflă nițel, puse copilul într-o albie ce găsi și o așeză pe pat.

Când veni bărbatu-său, se sperie de ceea ce văzu. Parcă nu-i venea să crează ochilor săi, tot uitându-se la scara de oscioare și la degetul din vârful scării. Frica lui era să nu fie iară niscaiva farmece, și cât p-aci era să-și părăsească casa, dară Dumnezeu îi dete în gând să intre.

Atunci, făcându-se un porumbel, ca să nu se lipească farmecele de el, zbură pe dasupra fără să se atingă de scară și intră înăuntru în zbor. Acolo văzu o femeie îngrijind de un copil.

El își aduse aminte atunci că femeia sa era însărcinată când plecase de la ea, și unde îl coprinse un dor de dânsa și o milă, gândindu-se la câte trebuia să fi pățit ea până să dea cu mâna de dânsul, încât se făcu numaidecât om.

Cât p-aci era să n-o cunoască; atât de mult se schimbase din pricina suferințelor și a necazurilor.

231

When she beheld him in his natural form, the King's daughter gave a sudden start, and her heart throbbed with a great fear, for she did not know him. However, upon learning who he was, she was not the least bit sorry she had suffered so long and so much for his sake. And never a thought even did she give to her past sufferings when she saw what a strong and fine-looking man was her husband. Then they fell to chatting about this and that and the other. And she told him all her experiences, and as he listened, he wept tears of pity and compassion. And when she had finished, he began to tell his story, and he said:

"I am a King's son. and in the course of a war which my father waged upon cruel dragons, who were his neighbors, and who time and again had invaded his lands, it came to pass that I slew one of those dragons. And just fancy, it was written that you should be that dragon's wife! Now, his mother, who was a wicked witch woman, and by her magic power even could in the twinkling of an eye turn a great big river into ice, cast upon me the spell to wear the skin of that loathsome Pig, because she would not have me marry you. But Heaven thwarted her purpose, and I did become your husband. She was that old woman who gave you the piece of string to tie round my left foot. Only three days more, and I should have escaped from that awful curse; but, as it was, I was compelled to live in the Pig's shape for one year longer. I could not go on living with you, so I resolved to lead a hermit's life, and I chose this far-off secluded spot, and built myself a cabin here, so that no living soul might ever learn of my whereabouts. But now that we are together again, after having suffered so many hardships for each other's sake, let us offer thanks to Heaven and return to our beloved parents."

And in their great joy, they embraced and kissed each other, and they vowed that never, never would they think of the troubles and sorrows they had had to endure any more.

Fata de împărat cum îl văzu, se sculă în sus și îi tăcâia inima de frică, fiindcă ea nu-l cunoștea.

După ce el i se făcu cunoscut, ea nu se căi, ba și uită tot ce suferise. El era un bărbat ca un brad de frumos.

Se puse deci la vorbă. Ea îi povesti toate întâmplările, iară el plânse de mila ei. Apoi începu și el a spune:

— Eu, zise el, sunt fiu de împărat. La un război ce avu tată-meu cu niște zmei, vecini ai lui, care erau foarte răi și-i tot călcau moșia, am omorât pe cel mai mic.

Pasămite, ursita te făgăduise lui. Atunci mă-sa, care era o vrăjitoare de închega și apele cu farmecele ei, mă blestemă să port pielea acelui scârbos dobitoc, cu gând ca să nu ajung să mi te iau eu.

Dumnezeu i-a stat împotrivă, și eu te-am luat. Baba care ți-a dat ața să mi-o legi de picior era ea. Și de unde mai aveam trei zile să scap de blestem, am fost silit să port încă trei ani stârvul porcului.

Acum, fiindcă tu ai suferit pentru mine și eu pentru tine, să dăm laudă Domnului și să ne întoarcem la părinții noștri. Fără tine eram hotărât să trăiesc ca un pustnic, d-aia și mi-am ales acest loc pustiu și mi-am făcut casa asta așa, ca pui de om să nu mai poată răzbi la mine.

Apoi se îmbrățișară de bucurie și se făgăduiră ca amândoi să uite necazurile trecute.

Next morning they rose bright and early and set out for home. And they journeyed and journeyed until at length they reached the Prince's native land. His parents wept tears of joy, and the people felt very happy and gave him and his wife a most hearty welcome. Then the Prince set forth to visit his wife's father. The King, when he beheld his daughter, was beside himself with joy, and on hearing all that had befallen her, he said to her:

"I told you, did I not, when the Prince came to ask you for his wife, that I did not believe he really was a Pig; and, surely, my dear daughter, you did very well in minding the advice I gave you."

Finally, as the King was now very old, and had no heirs, he gave up his throne and placed the Prince and his wife upon it. And they ruled the kingdom as only those kings can rule who have passed through trials and hardships and sorrows like theirs. And if they are not dead, then they are still alive this very day and rule over their land in peace and happiness.

A doua zi de dimineață se sculară și porniră amândoi mai întâi la împăratul, tatăl lui. Când se auzi de venirea lui și a soției sale, toată lumea plângea de bucurie că îi vedea. Iară tatăl și muma lui îi îmbrățișe strâns, și ținură veseliile trei zile și trei nopți.

Apoi merse și la împăratul, tatăl femeii lui. El cât p-aci era să-și iasă din minți de bucurie, când îi văzu. Ascultă povestindu-i-se întâmplările lor. Apoi zise fie-sei:

— Ți-am spus eu că nu credeam să se fi născut porc acel dobitoc ce te-a cerut de soție? Și bine ai făcut, fata mea, de m-ai ascultat.

Și fiindcă era și bătrân, și moștenitori n-avea, se coborî din scaunul împărăției sale și îi puse pe dânșii. Iară ei domniră cum se domnește când împărații trec prin fel de fel de ispite, necazuri și nevoi.

Și de n-or fi murit, trăiesc și astăzi, domnind în pace.

Iară eu încălecai p-o șea etc.

Made in the USA
Monee, IL
13 February 2023